話　シレノスの涙

プロローグ

そこは闇の支配する世界だった。

常世に陽の光《ルアー》の差し込むことのない、地下数十タールの深みに広がる空間。

古代《ケイロン》の大公が建設した地下洞道である。

その巨大な管の内部に、膨大な水が流れだしていた。

闇を流れる川である。

闇の川を流されてゆくものを、レンガの間に生えたヒカリゴケのぼうっとした光が照らしだしていた。

おびただしい穴ねずみ《トルク》の群だった。

暗灰色の毛皮が絨毯のように、闇の川面に敷かれている。おぞましいけしきだ。

その、ただ中に——

長い髪と絹の寝衣をうち広げた姿があった。

あお向けになった女の顔は、ケイロニア皇女シルヴィアのものだ。

固く瞼《まぶた》を閉ざし、痩せこけた青白い顔をしているが、うすい胸はかすかに上下している。

シルヴィアは生きていた。

はるかな昔、遠い先祖が作り上げた脱出口を、闇が丘の闇の館に幽閉されていた皇女は、意識もなく流されていく。

その口からは、かすかな呻きが漏れつづけていた。

苦しげに息をつきながらも、何ごとか意味のある言葉を紡ごうとしている。

呼んでいる。

人の名を——さまざまな人の名前を呼びつづけている。

(お父さま)

(お母さま、お母さま……)

あるいは——

(ディモス)

(ユリウス)
(クララ)

（タヴィア）

シルヴィアは、魘《うな》されていた。

黒蓮のもたらす夢に囚われていた。

呼んでいるのは、シルヴィアと深い関わりのあった者の名前だ。運命にめくるめく翻弄されながら、溺れる者が投げられた木片に縋《すが》るように、彼女がその時その時の関係性に縋ったのは、愛されることだけを願う少女だったからだ。

少女のシルヴィアは呼んだ。

（グイン！）

しかしその名は彼女のくちびるをひどく歪ませた。

それまで悪魔のごとく罵りつづけていた。自分を見捨てた上、斬って捨てた良人《おっと》をどうしても許せなかった。陰謀をめぐらした張本人だと、憎むだけ憎んで、それでやっと眠りを得ることができた。あらゆる悪夢から護ってくれる騎士を憎むことしかできなくなっていた……。

しかし良人のせいで自分は不幸になった、と大声で叫びつづけることが、真の意味の闇とシルヴィアの魂を隔てていたのも確かだ。

忠実な下男の名も何度も呼んだ。

（パリス、パリス、助けてよ！）

この卑しい男にシルヴィアは、情愛を覚えていたのだろうか？

しかしやはり、自分を慮《おもんぱか》ってくれた者の心を汲み取り、親愛の情を培うには至らなかった。そのように生い立ってこなかった。ケイロニア皇女なのだ。何年も御者や身の回りの世話をしていた下男に、一人の女として愛や信頼を傾けることは出来ようもないことだ。

平凡な幸せが欲しいと口癖のように云ってはみても、庶民からみたら「雲の上の住人」であるシルヴィアにその幸せを実感するのは、むずかしい話だった。

それでも忠実なパリスが、シルヴィアにとって最後の守護者であり、助けを求める相手だったことは確かだった。

シルヴィアは誰より多く――グインの名を呼ぶよりも――パリスに助けを求めたが、そのパリスも今はかたわらにいなかった。

シルヴィアはたった一人で、闇が丘の地下を流されていく。

ヤーンの小指から吊り下げられた蜘蛛のように、ケイロニア皇女の命は闇の川にあやうく浮かんでいた。

見下ろしていたのは、レンガの壁を這いずり燐光の痕をひく、あやしいナメクジに似た生物だけだった。

1

サイロンの七つの丘に嵐が近づいていた。

毎年春から初夏にかけて、北の都は激しい気象の変化に見舞われる。ダゴンの兄弟神、風と雷それに雨をつかさどる神々が、天界から降り一堂に会するからなのだと云われる。

赤く熟したルアーを覆うように、暗灰色の雲がわき上がっていた。

ケイロニア宰相ハゾスは馬上で、暗雲の孕む不穏な光に灰色の目をほそめた。黒曜宮への帰途だった。

謹慎の身にあったハゾスだが、シルヴィア皇女の事故の報を受け、闇が丘へ駆けつけその救助に立ち会ってきたのだ。

主宮に着くと愛馬を馬廻りにまかせ、急ぎ足に回廊をたどった。

広間でハゾスを待っていたのは、サイロン市長官アトキア侯マローン、年番にあたっていたフリルギア侯ダイモス、そしてローデス侯ロベルトである。

黒大理石が敷き詰められた広間は重苦しい空気に支配されている。

「シルヴィア殿下は、大丈夫だったのですか？」

ハゾスにまっ先に問うたのは、最年少の選帝侯であるマローンだ。不安でいてもたってもいられぬ表情である。

「結果から先に云おう。シルヴィア殿下の御身柄を確認できぬままに、丸三日続けられた闇の館の捜索は終了した」

「そ、それは一体どういうことです？　宰相殿」

ハゾスの白皙の額にはかつてなく深い縦じわが刻まれ、闇が丘の地下で行われた捜索活動がいかに困難であったかを物語っていた。

事故が発覚してすぐに、グイン王は地下水に飛び込んで救助を試みた。しかし暗い水底からシルヴィア妃を救い上げることも、姿を見いだすことも出来なかったのだ。

直ちに七つの丘のすべての騎士団に出動要請がだされ、この時ハゾスも呼ばれたわけだが、豹頭王の指揮の下で大掛かりな救助活動が行われた。

「ランディウス将軍の発案で、アンテーヌで海難事故の際使われるという夜光貝を使って水底に光を届かせることには成功した。しかしグイン陛下と泳ぎの得意な騎士が捜索しても、シルヴィア様の身柄を見つけだすことはできなかった」

「すでに、お逃げになっていたのではありませんか？」

「地下室の扉には外側から鍵がかかっていた。グイン陛下が手斧で扉を粉砕するまで、中に入ることすら出来なかったのだ。そこで解ったのは、地下室の床には大穴が空いており、水はその穴から涌き出しているということだった。これはグイン陛下の推論だが、何らかの力が働いて、妃殿下はその穴から地下に押し流されたのではないかと」

「それでは、シルヴィア殿下はもう……」

マローンは痛ましげに言葉を失くした。

「あの深い水底で病気の女人《にょにん》の息が続くとは思われぬ」

「皇帝家の姫君が、なんという……酷《むご》すぎる」

盲目のローデス侯は、黒衣の胸でヤーンの印を切る。

「まことにお労《いたわ》しいかぎりだ。——陛下におかれては、不眠不休で指揮をとられていたのだからな」

ハゾスの声はことさら暗然と響いた。

ここで、フリルギア侯は手厳しかった。

「侯は事故だと云われるが、皇帝家の姫君がかような惨事に遭われるとは、建国この方なかった不祥事だぞ。その療養所の管理はどうなっておったのだ？」

この学者めいた風貌の持ち主は、宮廷の規範全般にことうるさかった。

「その点は私にこそ責任がある。なぜ事故が起きたのか、殿下が閉じ込められた経緯についても調べさせてはいる」

ハゾスはうなだれて云った。闇が丘の責任者はマディラ女官長ではあるが、シルヴィアの療養所とすべく諸般を整えたのはハゾスである。

広間の空気はいっそう重くなる。

ついに来るべき時が来てしまった、という思いが誰の胸にもあったろう。シルヴィアに女帝の務めが果たせたかどうかは別にして、アキレウス大帝が重態の床にある今、世継ぎの皇女の薨御《こうぎょ》は、長らくケイロニアが抱えてきた弱みを選帝侯たちに露呈していた。

「シルヴィア殿下が身まかられてしまったら、正式な皇位継承者はマリニア姫お一人ということになる……」

マローンのつぶやきに、ハゾスは深長な表情で頷く。

「ローデス侯から聞いていると思うが、星稜宮のオクタヴィア様から懸念が寄せられている。ご息女に代わる、大ケイロニアにふさわしい後継者の選出を、グイン陛下と選帝侯とに委任したいとおっしゃられている」

かつて同じような選択を迫られたことをハゾスは思い出さずにいられなかった。それもまたシルヴィアが火種であった。ダンス教師に誘惑されて拉致され、皇位と引き換えに脅迫を受けたのだ。

もしここでアキレウス帝が身まかれば、六十四代続いてきたケイロニウス家は絶える怖れすらある。

ハゾスは云った。

「マリニア様の耳の機能が明らかになった段階で、選帝侯会議は時宜《じぎ》を得た判断を下さねばならなかった。遅きに失した感は否めない」

フリルギア侯がこれに応じる。

「オクタヴィア様も剛毅なようでいて、やはり女性《にょしょう》であるな。ご息女を即位させることに今さら臆されるとは。ともあれ選帝侯会議は必至のようだな、ランゴバルド侯」

そこで黒衣を衣《きぬ》ずれさせ、盲目の選帝侯が立ち上がった。

「宰相殿、このような折りではありますが、オクタヴィア様の願いを、グイン陛下にお伝え頂いたのでしょうか？」

痩せたロベルトの顔には焦慮の影がある。

「お伝えした」

「陛下からのお答えは？」

「考える時間が欲しいとのみだ。いついつ赴くという答えはうかがっていない。陛下におかれてはたいへん疲れた、憔悴し切ったごようすに見えた」

「陛下のお力落としは当然です。その、願いというのは？」

マローンがハゾスに訊く。

「オクタヴィア様はグイン陛下にアキレウス帝の枕元に赴き、看取ってほしいと望まれておられる」

「それはつまり、大帝陛下からグィン陛下に重大なご遺言があるということでしょうか？」

「それは解らぬ。大帝陛下の意識は戻っていないそうだし。病が篤いからこそ、実の息子のごとく愛されているグィン陛下からの、力付けがほしいとお考えなのではないだろうか？」

「だが陛下はシルヴィア様のことで、精魂尽き果てておられるのだろう」とフリルギア侯。

「かくも落胆したようすを、グィン陛下に見せられるとは思いもしなかった。やはりシルヴィア様は、不死身のシレノスの唯一の弱みだったのか……」

ハゾスの胸を鬱《ふさ》いでいるのは、シルヴィアの生んだ不義の子のこともあった。ロベルトの計らいで秘密裡にローデスで育てられているが、グィンには殺めたと嘘をついてしまった。シリウス王子の問題はいよいよ解決がつかなくなっている。

ロベルトが問う。

「宰相殿、グィン陛下はいつお戻りになられるでしょう？」

「わからぬ。竜の歯部隊たちと、地下の図面を囲んで検討されているようだったが、いかに陛下でもこれ以上の打つ手はないと思われる。魔道の心得でもないかぎり」

「魔道とは……」

　ぼう然とした面持ちのロベルトに、ハゾスは云う。

「ローデス侯、グイン陛下のことだ。このたびの悲劇に心の決着をつけ次第、皇帝家の問題を第一に考えて下さるにちがいない。選帝侯会議にしかるべき指示を与え、継承者問題におけるお立場を明確にして下さると信じている」

　マローンが上目になって、訊き返す。

「宰相殿、それは……そのぉ、グイン陛下にも選帝侯会議に出席して頂くということなのですか？　大帝陛下にもしものことがあった場合、グイン陛下にはマリニア殿下の摂政――あるいは皇太子に準じるお立場について頂く――その可能性を示唆しておられるのでしょうか？」

「アトキア侯」

　ハゾスは眉を上げた。若いマローンの、若さゆえかもしれぬ、しきたりに捕らわれない発想に、背中を押されたように云ってしまう。

「そうだな。私としても、選帝侯会議において、自分を含めた十二人のうちで互選して次期皇帝を決定するより、ケイロニア国王グイン陛下に、選帝侯の上に立っていただくのが最も望ましい道ではないかと……」

　この場にいるのが気の置けない者ばかりだったせいもあって、つい口にしてしまった形だが、宰相職としては軽はずみな発言だった。

「ハゾス・アンタイオス、慎むがよい」

早速フリルギア侯に一喝される。ハゾスとは年回りが近いが、有識者の上にうるさ方で通っている。かつて典範のページをひっくり返して、ケイロニア国王という希世の権威を、大帝の娘婿のために掘り出したこともある。

「あまりにも短絡すぎる。オクタヴィア様は妾腹ゆえ継承権が認められておらず、グイン陛下のお立場とて——考えてもみよ。シルヴィア殿下との婚姻によって皇帝家と繋がっていたに過ぎぬ。その絆も妃殿下の薨御によって途切れる。今後は国王の権威さえ絶対的なものでなくなるやもしれぬ」

「フリルギア侯、それはグイン王をよく思わぬ派閥が出てくるという示唆なのか？」

「然り。災厄続きで国中に不平と不満がくすぶっておる。今ある政権を覆《くつがえ》しさえすれば世を正せると考える輩が今後出て来ないともかぎらぬ。宰相たるもの、今後の発言にはいっそうの配慮が要るぞ」

「……しかし、大帝陛下がグイン陛下をまことの息子のごとく愛されていたのは事実、宮廷に知らぬ者はいない。たとえご息女との縁が切れても、皇帝と国王の父子の絆は揺らがぬはずだ」

「貴侯は今感情に傾いている。血は水より濃いとは、個々の思いをはるかに超えたところにあるものだ。ケイロニアの皇帝が、万世一系続いてきたのには確たる拠り所がある。出自の解らぬ、一介の傭兵であったグイン陛下は、数百年続いた皇統とはまったき別のもの。一時の情に流されケイロンの規範を蔑ろにするとは、切れ者のお主らしからぬ」

語調は厳しかったが、ハゾスへの攻撃一辺倒ではなく、むしろ諭すようであった。

しばし時が揺蕩《たゆた》う――。

「ローデス侯はどうお考えなのです？」

マローンに水を向けられ、ロベルトは少し困ったようすでいたが、

「……わたくしは、アキレウス様のご回復を願うばかりです。その上で、国の先ゆきを考えねばならぬというのなら、まず幼き方々がお健やかに過ごせるよう、上の者は犠牲をいとわず取りはからうべきかと思います」

次にマローンが発言する。その表情から沈鬱は薄れ、かれ本来の若々しい物怖じの無さがのぞいていた。

「先ほどフリルギア侯がおっしゃった、血は水より濃い、そのことですが、正論にちがいないと存じますが、もし――喩えですが、かつてのオクタヴィア様のように、アキレウス大帝の落とし胤だというお墨付きを持った方が現れたとして、その方を主君と仰げるかと自らに問えば、グイン陛下への信頼の十分の一も難しいと思うのです。うまく云えませんが、宰相殿は、皇帝家の血脈やケイロン典範を蔑ろにするのではなく、グイン

陛下こそがケイロニアで最高に信認された、最も帝王の位にふさわしい方だとおっしゃりたいだけですよね」

　巧みな弁舌ではなかったが、これにフリルギア侯ダイモスは苦笑を漏らした。

「大帝ご落胤《らくいん》説は、そうも否定できぬな。アトキア侯の云われたことは真理ではある。わしはグイン陛下の功績や能力を否定するのではない。すぐれた統治者だ。若い者からの信望も篤く――」ちらりとマローンに視線を向け、「黒死病の最中には、この方が王でなかったら、サイロンは死の都と化したかもしれぬと心から思った」

　ロベルトのほうは、かすかに不快そうに眉をひそめている。その時、宮殿の背の高い窓に閃光が走った。

　はげしく身じろぎしたロベルトの細い手をとって、ハゾスは宥めるように云った。

「ローデス侯、雷です」

　しかし落雷の音が響いたのは、少し経ってからだ。ロベルトはそのまま何かに怯えるように身をすくめている。

「お怪我に響いたのですか？」

　トルクに襲われた時の傷が癒えておらず、薬で保《も》たせていることを思い出したのだ。

「いえ、大丈夫です」

　そう云いながらも、ロベルトの顔はいつにも増して青白く透き通るようだ。

（似ている、あの時のようすと――）

ハヅスは思い出す。落馬事故に遭った嫡子のリヌスが奇跡的に持ち直したと聞かされた時、ロベルトが「ヤーンは与えたまい、また奪いたまう」とつぶやいたそのことを。その後にシルヴィアの事故の報せがもたらされたのだ。

（イグレックの呪いとひきかえに、ヤーンは運命の糸車の廻る音を、盲目のロベルトには届けるというのだろうか？）

ハゾスらしくもない神秘的な思いに囚われていた。

窓の外ではダゴンの司る風と雲が、新たなる時代を迎える宴の準備にかかっている。

風が丘一帯に激しい雷雨が見舞ったのは夜半にかけてだった。

横なぐりの雨にあって宮殿を囲む樹木は折れそうなほど枝を撓《しな》わせ、おびただしい葉を撒き散らした。

黒曜宮の中奥の、紫のびろうどに金銀のししゅうが施された重厚なカーテンをめくって、おそるおそる外を窺っている者がいた。

豹頭王付きの小姓のロイである。かれは息を詰めて、宮殿と庭園をつなぐ渡り廊下を見つめていた。

激しい稲光によって、くっきり浮かび上がったのは、誰とも似ていない姿だ。

異形の影絵は豹頭王以外の何者でもなかった。王は愛剣のみたずさえ、廊下から屋根のない庭園へ降りていく。たちまち逞《たくま》しい体が雨に濡れ、寝衣がぴったり張りついて、異形をよりいっそう際立てる。

ロイは意を決して、嵐の庭へ出ていった。不安に駆られたせいだ。夜中近くに宮殿に戻ってきたグイン王のようすがおかしかった。いつもと違い過ぎていた、弱り果てたような、憔悴しきった姿を、側近くに仕えてはじめて目にした。

そこで闇が丘の地下深くで起きた悲劇を知った。

（なんて、おかわいそうなシルヴィア様、グイン陛下……！）

ロイは同情で胸がいっぱいになった。

嵐の庭を豹頭王は歩いてゆく。後を付けている小姓に気づいたようすはない。

後宮に向かっているのだろうか、とロイは思ったが、この時期愛妾ヴァルーサは、別に設けられた産殿に居ることを思いだした。

グインは後宮を囲んで広がるルノリアの園で立ち止まった。ロイは物陰に回り込んで身を隠した。

雷光に浮かぶ庭園は嵐に蹂躙《じゅうりん》されていた。樹々は大きく枝を撓わせ、葉や花を撒き散らしている。

狂い咲いたルノリアの前で、豹頭王はおもむろに愛剣を抜いた。

巨大なダゴンの像の後ろで、ロイは息をつめて見つめていた。王が中庭で剣を鍛える姿は過去に何度も目にしていた。一人黙々と打ち込む禁欲的な姿に胸を熱くしたものだ。しかしこれまでとちがう、異様な感じをその時受けた。

王は剣を一閃させた。巨大な鋼の塊が、命を得た電光のように、縦横無尽に闇を切り裂く。

ロイは口に手をあてた、王の剣気がいつもと違うことに気づいて。その宵にかぎって、武人の健やかさが感じられなかった。怒り、鬱屈、狂おしい思いといった、豹頭王に似合わない邪《よこしま》な気が、剣風にまかせ発散されているかのようだ。

王が放つ怒号は風音や落雷にもかき消されはしなかった。それは悲痛な、手負いの獣の咆哮にも聞こえた。

（陛下……）

グインは大段平をルノリアに向かって振りかぶった。

不世出の剣士が目測を誤ったというのか？

否――！

グインは大剣をまともにルノリアの幹に打ち込んだ。

生木を断つ音は、人骨を叩き切るのにも似てにぶく陰惨にひびいた。

庭園で丹精された花木を、たとえ宮殿の主であろうとそのように蹂躪してよいはずがない。ケイロニアの英雄、英明な施政者として知られる豹頭王が、かよわい、何の罪もない花を命なかばで断ち切るなど……

ロイは震えながら見つめ続けていた。狂ったように花木に斬りつける王の姿を、自らの手で英雄像を打ち壊すようなけしきを――。

(陛下……)

ロイが口に手をあてた時、グインは狂気の発作がおさまった、とでも云うようにがくりとその場に膝をついた。雷鳴が遠ざかってゆき、雨もおさまろうとしていた。

一ザンか、それよりは短かったかもしれないが、ロイはまだ息を詰めていた。

雲間からイリスの光が漏れてきて、小姓は今まで見せられたことがない、否、想像したこともない豹頭王の姿を目にした。

下生えに膝をついて、黄色と黒の毛皮につつまれた頬を、ルノリアの花にすりよせている。おのれが断って落とした枝を拾い上げ、胸におしいただく姿は、まるでおのれが命を絶った花木の精に許しを乞うようであった。

ロイはいきを飲んで、王の、豹の口もとに目をこらした。王は何ごとか、かき呟いていた。

(なんて、云って……?)

ロイは必死に王の口もとに目をこらした。しかし遠目には口の動きを読み取ることはできなかった。それでも、側近く仕える者の目には、王が花の精に何者かをかさね、詫びている姿に映ったのだった。

　王の悲しみ、魂の苦痛を思わずにいられなかった……。


　翌朝になって、ロイは嵐の庭で目撃した一連の出来事を小姓頭のシンに話した。

「信じられない、夢でも見たんじゃないのか」

　最初はまったく信じて貰えなかったが、

「本当です。僕も悪い夢だと思いたいけど……。陛下のお部屋に伺ったら濡れた衣があったんです」

「なんということだ」

「シン様、あれからずっと考えているのですが、陛下はシルヴィア様のことで、お心を痛めておられるのではないでしょうか？」

「どうして、そのように思う？」

「陛下はか弱い者に手をさしのべずにはいられない方です。ほんとうにお優しい方なんです。シルヴィア様が病気であっても、病から救えなかったことで、ご自分を責められていたんじゃないでしょうか？」

　シンは苛立たしげに頭を振った。

「莫迦なことをいうものではない。陛下はケイロニアの英雄なのだぞ。何の瑕瑾《かきん》もない。すべてお妃の自業自得から起きたことだ。新婚の頃からグイン陛下を悩ましたあげく、お留守中に乱倫にはげんだ。不貞罪で断罪されたってよかったんだ」

シンは異様な熱にうかされたように云いつのった。

「グイン陛下は悪くない。悪いのはすべて売国妃シルヴィアだ」

黒曜宮につかえる、貴族の子弟の中にも、黒い噂を真に受けている者もいたのだ。

若いロイは、宮殿において忌まわしいともいえる言霊を、組頭のシンが口にしたことに、心をうちつけられたが、ややあって、おそるおそる云った。

「やっぱり、あれは本当だったんでしょうか？」

ロイは震える声で問う。

「シルヴィア様――お妃様は、グイン陛下の唯一の泣き所、シレノスの貝殻骨だったというのは。夕べからぼく、不安で堪らないんです。グイン陛下もシレノスのように、その弱点から、お力を失ってしまうのではないだろうかと……」

「何を、莫迦なことを云うんだ」

シンは後輩の小姓を叱ってから、はっと気付いたように云った。

「昨晩見たことは、仲のよい者にも家族にもけっして口外してはいけないぞ。解ってはいると思うけれど。今の黒曜宮――いや、ケイロニアという国を支えておられるのは豹頭王陛下なのだ。グィン陛下に仕える僕らが今しなければならないのは、余計な心配に心惑わすことなく、規律を保って務めに励むことなのだからな」

2

雨上がりのサイロン――。

水溜まりを避けて歩く人々の足は忙しなかった。

再開される店もじょじょに増え、それでも災厄前の半分にも届いていなかったが、人々はそれなり逞しく暮らしを立て直そうとしていた。

下町通りの道と道が交わるところに、卵入りまんじゅうの屋台が止められ、その近くに辻芸人の姿を見かけるのもタリッドらしい景色である。

三角帽をかぶりキタラを抱えた男が、

「そこを行かれる娘さん、一曲いかがでしょう？」

声をかけられたのは地味なショールを巻きつけた女で、娘と呼ばれるには薹《とう》が立っている。女は立ち止まって男に値踏みするような目を注いだ。

「あんたは吟遊詩人《もの》かい？」

「はい。お好みの曲をなんなりとおっしゃって下さい」

「じゃあ『売国妃の最期』をやっておくれよ、うんと惨《むご》たらしくね」

そう云った時、女のくすんだ顔に暗い愉悦が浮かんだ。

「承知いたしました」

吟遊詩人は気どった礼をすると、キタラの弦をつまびいた。悲劇的な曲調、哀しみを煽るような和弦。キタラの腕前も喉も一流とは云えなかったが、歌いだすと何人もの通行人が足を留め、歌声に注意深く耳を傾けた。

幽閉されたシルヴィア妃が、暗い地下の一室で獄死する様子を、吟遊詩人はことさら大げさに歌いあげた。地下水に怯えて泣き叫び、溺れてゆく苦悶に至るまで、まるでその目で見てきたように。まるで湧き水はヤーンの意思であり、売国妃シルヴィアに下された罰であるかのように——。

サイロンをドールに売り渡した王妃
死をもって罪の償いとなせり

歌い終わる頃には、たいそうな人だかりが周りに出来ていて、集まった者たちはみな暗い熱狂にうかされ、「ざまあみろ売女！」「地獄でドールに食われちまえ」などと叫び立て、乱暴に石畳を踏みならした。

『売国妃の最期』を望んだ女は、ショールの下のまじない紐をまさぐり、（あんたの敵《かたき》は死んじまった。恨みはヤーンが晴らしてくれた。安らかにお眠りよ）恋人の名を唱え、石畳に置かれた吟遊詩人の帽子に銅貨を何枚か落とし込んだ。

他の聴衆も心づけをはずんだので、たちまち帽子から貨幣は溢れだし、石畳に高い音が鳴り響いた。

人垣のいちばん後ろに、一人だけ、苦い顔をしている中年の女がいた。金髪で恰幅がよく、ほお骨の高いはっきりした顔立ちをしている。

〈青ガメ亭〉のロザンナである。

彼女は人々の罵声から逃れるように足早にその場を離れた。

（ほんとうはちがうのに、お妃様は売国妃なんかじゃないのに……）

しかしロザンナのように考える者は下町にはほとんどいなかったろう。ケイロニア王妃シルヴィアに関わる黒い噂は、サイロンの市長や復興長官のマローン、配下の護民官が火消しに当たっていたが、もと火を消し止められずにいた。

売国妃の罪と罰を歌いきかせて、民衆の暗いもとめにこたえ、銭をさらいとるやからは後を絶たなかったのだ。


よいどれ小路からスティックス大通りに出たところで大きな川にぶつかる。北ケルン川は、遡るとサイロンを取り巻く、狼が丘と闇が丘の間からの流れだ。

　この川にロザンナはいい思い出がない。十年以上前になるが、亭主が酒に酔って落ちて溺れ死んだのだ。

（あれ、よく沈みもしないで）

　橋の下を流れていくものに目を留める。布で出来た、長い裳裾を付けた人形だった。

（お姫様の人形だ。昔を思い出すねえ、あたしの持ってた子とすこし似てる……。おや、あっちでは何してるんだい？）

　気付いたのは橋のたもとだ。男が水際に寄って何か大きなものをひっぱっている。

　ロザンナは目を眇《すが》めてみて、心臓がどきんとした。

（人が溺れてる！）

　しかし、その男は河原に引き上げはしたが、その人間をうつぶせにしたまま着衣をまさぐりだした。

　ロザンナは事態を察して、（なんてことを、あの人でなしッ！）

　大急ぎで河原に降り、男に向かって怒鳴った。

「何してるのさ、あんた！」

　立ち上がってこちらを向く、男の鼻梁《はなみね》には白っぽい刀傷があった。傭兵のような身なりだがだらしない。腰に長剣を吊っている。

相手が悪いと云えるが、ロザンナはひるまず云いつのる。

「溺れた人を助けもせず金品を漁るなんて、ルアーに顔向けできないよ」

「おばさんには関係ねえだろ？　それに見てみな、こいつぁ死んじまってるよ」

馬鹿にしたようにつばを吐くと、長靴《ブーツ》の先を、溺れた者の体の下に入れひっくりかえした。まだ若い娘だった。ぐっしょり濡れて色濃くなった金髪、衣服が貼り付いているせいで痩せた体つきがあらわになっている。娘の膚は魚のように青白く、ぴくりともしていない。

「足をすべらせたか、ひょっとすると心中の片割れかもしれねえな。どっちにしろ死んだやつから文句を云われるすじあいはねえ。死人に口なしっていうだろ？」

気の利いた冗句のつもりかゲラゲラ笑う。

娘の顔は泥やら浮き草のたぐいでたいそう汚れていたが、どこかを魚にかじりとられたわけではなく、腐敗した気で腹を膨らませているわけでもない。死体が綺麗なのがよけい哀れをさそった。

「かわいそうだと思わないのかい。——あ、何すんだい！」

ロザンナは悲鳴のような声をあげた。何を考えたか、男はいきなり死体を蹴飛ばしたのだ。とがった長靴《ブーツ》の先でこれみよがしに蹴りつける、娘の腹や痩せた胸までも。

「やめなさい。やめなってば……」

必死になって止めさせようとする。この時ロザンナは身内が狼藉《ろうぜき》を受けているような気さえしたのだ。

（えい！　この、ごろつき野郎め。どうしたらいいんだい？）

そこでロザンナが口にしたのは、そうとうに奇妙な取引の提案だった。

「……傭兵さん」薄汚れた鑑札をぶるさげてるから、おそらくそうなんだろう。「ねえ、その子をあたしに売っておくれじゃないかい？」

「物好きなおばさんもいたもんだな」

傭兵はあきれたようにつぶやいたが、とたんにさもしげな目になった。ロザンナが隠しから公用銀貨をつまみ出したからだ。

しかし、ここで気が変わられても困ると考えたか、すばやくイリスのような輝きをひっさらうと声を張り上げた。

「奇特なねえさん、あんたにドライドンの恵みがあらんことを！」

いいかげんな印形《ルーン》を結ぶと、河原から立ち去った。

ロザンナは娘の死体を前に、そのまましばらく突っ立っていた。

「ねえさ〜ん！」

その声は橋の上からだった。

「……ユーリィ」

家業のパン作りを手伝わせている義理の弟である。タリッド橋で待ち合わせていたのだ。ユーリィはすぐに駆け下りてきた。

「ど、どうしたっていうんだ。こいつは、溺れちまったのかい？　ねえさん、いったい何があったんだよ」

「これにはわけがあってね」

ガティ粉を仕入れるための銀貨で溺死体を買ってしまった、経緯《いきさつ》をユーリィに説明しようとした時、妙な音がした。

げぇっという、人が喉に詰まったものを吐き出すような……

ロザンナは——ユーリィもだが、びっくり仰天して声もでなかった。

（なっ、何だって⁉）

今まで死んでいるとばかり思っていた娘が嘔吐《えず》いている。はげしく水を吐くと、身をよじってよわよわしく呻いたのだ。

「なんてことだい。おお、神様！」

溺死者の蘇りに立ち会って、信仰心の篤いロザンナは、我しらずヤーンの名を唱えていた。

ロザンナとユーリィは、ガティの粉袋を運ぶ荷車に、生き返った娘を乗せることにした。

　荷車を引っぱりながらユーリィが云う。

「若い娘が川にはまって、まっさきに疑うべきなのは心中だぜ。情夫らしい男の死体はあがってなかったかい」

「橋の上から眺めたぶんには、この娘《こ》しか見あたらなかったねえ」

「心中者ではないのかな」

　元軍人のかれは、それなり世事に長けたところがあった。

「はじめは乞食の娘かと思ったけど、この子が着ているのは絹の寝間着だね」

　びしょ濡れの体や髪をありあう布で拭いてやるうち、薄くやわらかな絹地は体温でだいぶ乾いてきていた。川を流れていったお姫様のかっこうをした人形をロザンナに思い出させた。

「でも、この痩せかたじゃ……」ロザンナは首をふる。副業で下宿屋も営んでいて長年さまざまな若者をみてきた。その観察眼をもって評する。「きっと、ろくな暮らしはしてきてないね」

「だよな。こんな痩せこけていてお姫様もねえもんな」

　ユーリィが何気なく云ったとたん、娘は身をよじって苦しげに呻いた。

「娘さん、しっかりしな。もうすぐ医者のとこに着くからな」

「……や、イヤッ！」

ひどく厭《いや》なことをされたかのように、両手で目の前をはらいのけ、まぶたを上げた。

「あんた――？」

ロザンナを見返している瞳はくるみ色だった。

「ウッ……ぅ……」

娘は何か云いかけたが言葉にはならず、すぐにまた意識をなくした。

町医者の診療所にかつぎ込まれた時も昏睡したままだったため、医師は気付け薬を嗅がせて問診しようとした。しかし目を覚ました娘は、問診に答えるどころか――

「イヤァァ――ッ！」

ものすごい絶叫を上げ、信じられない力で暴れだしたので、診察台におさえつけるのにロザンナとユーリィも手伝わねばならなかった。

白鬚の医師は、悪魔憑きのように暴れまくる娘の診察をどうにか終えると、

「ひどい栄養失調だ。長らくまともに食事をとっていなかったと思える。脳に異常をきたしておるようだが、生まれつきか、他に原因があるのか――たとえば溺れて、長い時間水に漬かっていたせいの障害か、今のままでは見極めもつかぬ。つむりの治療なら、黒曜宮のカシス医師団に専門の医師がいると聞いておるがな」

髭を何本かむしられた医師は、恨めしげな表情で、最後にこう云った。

「栄養失調の治療なら、わしよりロザンナさんのほうが得意だろう　まともなものを食べさせてやれば、すこしは人がましくなるかもしれん」

医者の所を出ると娘はおちつきを見せたが、こんどはロザンナが穏やかでない。

「お医者のくせに、ずいぶん無責任な云いようだったね。つまりタリッドあたりの医者にはお手上げってことだろ」

〈青ガメ亭〉に連れ帰った娘には、下宿部屋のひとつをあてがってやった。娘は着替えさせられ寝台に寝かされるのもされるがままで、悪魔憑きどころか人形のようにおとなしかった。

「ねえさん、それでどうするつもりだ？　この娘さんを、こんどは黒曜宮に連れて行くのかい？」

ユーリィは娘にひっかかれた手の甲を舐め舐め訊いた。

「そうだねえ。でもユーリィ、そんな偉い先生が、身元もわからない娘を、おいそれと診てはくれないだろ？」

カシス医師団とは、重い病や命に関わる怪我を負った者を、身分の別なく救済する「もうひとつの国王騎士団」なのだが、下町の民にはまだよく理解されていなかった。

ロザンナはため息をついた。

「せめて自分の名前だけでも云ってくれたらねえ」

「身につけてたもんに、身元を明かすものは何もなかったしなぁ」ユーリィもぼやく。

二人のやりとりを聞いている娘に、言葉の意味は何ひとつ解っていないようだった。

泥よごれを拭いとった顔は白くちいさく、あごがとがっていて、瞳は澄んでいたがその光は虚ろであった。

こんなに痩せて頬がこけていなければ、整った顔立ちと云えた。肌の質から二十歳は超えているようだが、ふしぎに少女めいた感じがする。

ロザンナは思いついたように云った。

「メルヴィーナみたいな子だねえ」

「なんだよ、そのメルなんとかっていうのは？」

「知らないのかい？　伝説だよ。人形師のジョリウスは、木偶《でく》人形に命を吹き込んで、自分の妻にしたっていうのさ」

へえとユーリィは眉を上げて、「とにかく、ここで云いあっててもラチは開かねえな。ねえさん、俺は心当てを当たってみる。なんて云ったたっけな？　士官の口ききをしてくれた口入れ屋。あの親爺は、サイロンのことにやたらめったら詳しいから、この娘さんのことも何か仕入れているかもしれん」

しかし、あてにしていた口入れ屋は営業を取りやめていた。店主は重大な不始末をしでかし護民兵に連れて行かれたそうだ。

板を打ちつけられた扉の前で、年取った猫がしきりに鳴いていた。ずいぶん哀れっぽい、腹をすかした鳴き方だった。

＊　＊　＊

風に吹かれて、古い看板が揺れている。黒いイモリと青ガエル《ランダ》《ド》が交差した意匠は魔法薬の店をあらわしている。

古すぎてあちこち崩れた石の屋根で、大きな虎猫がまどろんでいる。その長い髭がぴくりと動く。下から大声がしてきたのだ。

「馬鹿者！　ケイロニアの騎士に袖の下が通るわけがないだろう」

「馬鹿だって？　融通のきかない石頭に馬鹿呼ばわりされたくないね」

「何だと？　もういっぺん云ってみろ！」

「石頭を石頭と云ってなにが悪い？　石頭で足りなけりゃ、分からず屋のおたんこなすだ」

店の前で云いあっているのは、鎧姿の騎士と、旅人らしい服装の若い男だった。

「ちょっとの間でいい、小路に入って本当に予言者がいないのかどうか確認させてくれって云っただけじゃないか、目をつぶってくれたら半ターラン払うって。何もそんな怒鳴ることないだろ？　僕たちそりゃ遠くから旅してきたんだ、まじない小路の予言者に会うため。それを、立ち入り禁止のひと言で諦めろなんて無理な話だ。それにどんな規則にも例外ってあるもんじゃないのかい？」

若者の言葉はよどみないが、かすかに異国の訛りがあった。

「お前の国ではどうか知らんが、ケイロニアにおいては例外などないのだ。ああ云えばこういう、まったく口のへらん若造だな！」

もう一人の騎士が槍を構え直して云いわたす。

「まじない小路への立ち入りを禁じられたのはケイロニアの国王陛下なのだ。豹頭王陛下御みずから、魔道師は消え去ったと宣言なされた。それ以降この小路には、何ぴとたりとも——猫《ミャオ》の仔でも通行させられぬ」

「猫の仔だって？　そんなの無理に決まってる！」若者はまた云い返した。

眠りを妨げられた虎猫は、ぶるりと身をふるわせると屋根づたいにゆっくり歩きだす。

王命を楯にする騎士に、まだ食い下がろうとする若者の肩を、後ろから連れが摑んで云った。

「もう、止めておけ」

ひくい声音だった。ひくく印象的なその声から年齢は推し量りにくかった。長身で、深くフードを被っている。

「ですが、ここまで来て悔しいったらないじゃありませんか！」

「だが豹頭王の禁制には逆らえぬ。それに予言者が消えているなら小路に入ったところで無駄だろう」

若者にくらべ、長身の旅人は諦めがいいようである。

「そうは仰られますけど、魔道師なら結界の中に身をひそめているとは考えられませんか」

「ふむ、それも一理あるか」

長身の者は首をひねり、もう一人の仲間を振り返って訊く。

「先生はどうお考えになります？」

「この国の王様の命令では致し方ないでしょうね。――ユト、サイロンにはサイロンのしきたりがあるということなのよ。しきたりに例外はないと思うわ」

「先生は、そうおっしゃいますけど。やっとここまで来たんですよ？」

ユトと呼ばれた若者は、まだ承服しかねるようだ。

「サイロンのしきたりか……」

長身の、他の二人の主らしき者は、感慨深そうにつぶやく。

「こうして留まっているのさえ、あの方たちの気に入らないようですわね」

騎士たちはいちぶの油断もない目で三人を睨め付けている。

「困ったな」

長身の者はうつむき、考えあぐねているようすだ。

「それにしても、まじない小路から魔道師が消えるとは……思ってもみなかった」

「それはそうですけれど、今目の前にある問題は今宵の宿です」

先生と呼ばれた女は現実的であった。

「……宿か？　それなら心当てがある。それにタリッドにはもう一人、会いたい人物がいたのだ」

ひくい声音が少し明るくなった。

そこでようやく三人組は歩き出した。通りに出るところで、突風が長身の旅人のフードをはねのけた。

現れたのは、赤みがかった珍しい金髪と、ルアーのように若々しい美貌だった。

下町の空はとっぷり暮れていた。

〈青ガメ亭〉の玄関先である。

ロザンナは戸締まりを確認しようとして、家の前の路地に何人かが立ち止まっているのに気付いた。

（こんな夜更けに酔っぱらいかね？）

不審に思ってようすを窺う。人影は三つ、扉を叩くでもなくその場に留まったままでいる。

（ぬすっとが、様子見をしてるのかね）

ついつい悪いほうに考えがいってしまう。

（よし、ユーリィをたたき起こしてこよう）

そろそろと階段をのぼりかけた時だった。

「女将さん――ロザンナさん、おられますか？　夜分あいすまぬが、一夜の宿をお願いしたい」

（この声は……？）

ひくい声音、独特な響きにロザンナは聞き覚えがあった。いそいそと扉のかんぬきを外しにゆく。

「あんれまあ！」

すらりとした人物を前にして、思わず声が跳ね上がる。訪ねて来たのは、かつての下宿人だった。

旅装に身を包んでいる。えりの高いシャツに革の胴着、ズボンに革のブーツ、一見すると旅の商人のようだが、旅人のマントの下に、長剣を吊っている。

うす暗い中でも、肩で切りそろえた金髪とその下にある顔《かんばせ》は光輝いて見えた。めったにない端正な、ルアーのようと云ってもばちのあたらない美青年の顔立ちだった。

「アウロラさん！」ロザンナは長身の客に抱きつかんばかりになった。「ずいぶん久しぶりだねえ、何年ぶりだい？　でもどこも変わってない。うれしいよ。またあんたに会えて！」

母が重病なので実家にかえりますと、下宿を引きはらってから今日まで、一度も便りがなかったのだ。

「ご無沙汰しておりました。女将さんの元気な顔がみられてうれしいです。今まで滞在していたアンテーヌで、黒死病流行の話を聞き、こちらに参ったら看板がひっこめられているので、まさかと……しばらく逡巡しておりました」

「そうだったのかい、あんまりぐずぐずしてるから悪いやつがやって来たのかと疑っちまったよ」ロザンナは笑ったが、その目にはうっすら涙があった。「看板はねえ……今は下宿のほうはやってないんだよ。あんたがいた頃からは考えられないだろうけど、店子が一人もいなくなっちまってさ。みんな黒死病のせいだよ、ダリルをおぼえてるかい？　あんたに一度も勝てなかったベルデランドの少年のことを」

「ええ、彼に何かあったんですか？」

「……死んじまった。うちで、あたしに看取られて息をひきとったよ。一度でいいから長剣《やっとう》でアウロラさんに勝ちたいと、ほそっこい体で毎日鍛錬を欠かさなかったあの子はね」

「あの、ダリルが……」

アウロラは青い瞳を翳らせる。

「ああ、再会したばかりで、ごめんよ、湿っぽい話を聞かせちまったね。なぜだか、あの子のことをあんたに思い出してほしくてさ」

ロザンナは微笑んだ、こんどこそ本来の下宿屋女将の笑いだった。

「ようこそ〈青ガメ亭〉へ。サイロンへよく来てくれたね、後ろの二人は？　お知り合いかい」

「そうです。二人は――」

アウロラは言葉をさがしているようだった。

すると二人のうち、小柄な青年がすいと進み出て、気どった礼をすると一気にまくしたてた。

「お初にお目にかかります。〈青ガメ亭〉の名物女将ロザンナ様、わたくしはユーグリエットと申しまして、アウロラ様のしがない従者でございますが、わたくし以上に気の利く者はいないと涙がでるほどありがたいお言葉を賜り、第一等の信頼を勝ち得、同行の名誉をたまわったことは強調して申し上げておきます。自己紹介はかくも簡略でありますが、以後よろしくお見知り置きくださいませ」

呆れと辟易《へきえき》からロザンナは云った。

「アウロラさんの一の子分、ってことかい」

「そういうことです」

「こちらは？」

もう一人は三十路の女だった。アウロラと同じような旅のこしらえだが、変わった形の鞄を斜めがけしている。

「タニス・リン、わたしの主治医です」

小柄な女が会釈する。美人ではないが、広い額と聡明なまなざしが印象にのこる。

「女医さんが道連れとは、アウロラさんも心づよいこと！」

「こちらこそよろしく女将さん」

この女医もユトも、アウロラこそ、呆れるほど陽に灼けていた。

「アウロラさん、その髪、ずいぶん思い切って短くしたねえ。よく似合ってるけど」

ロザンナはふしぎな気分にとらわれていた。

アウロラの赤みがかった金髪からは、ロザンナの知らない土地の匂いがした。

潮風の匂いがしたのだ。

3

ひたひたと足音がちかづいてきた。

　ロザンナは後ろを振り返って苦笑する。

「起きちまったのかい？　ルヴィナさん」

　寝衣姿の娘にアウロラは奇異な目を注ぐ。「こちらの方は？」

「言葉がしゃべれないんだよ。つむりの病らしくてね。うちで預かって養生させながら、身元を探してるんだけど、名前も云えないものでお手上げなのさ。ああ、ルヴィナというのは、おとぎ話のメルヴィーナから付けたんだよ」

　娘はその場に突っ立っていたが、かすかに身震いすると、アウロラを指さして云った。

「……あ……う……」

「病気のせいか、まるで幼い子みたいなんだ」

　だがその時の行動は、子供がえりとは微妙に違っていた。娘の目に明らかな変化があった。本当に魂が入ったかのように、くるみ色の目に輝きがもたらされ、そうするとそれまでぼんやりして見えた顔つきまで違ってきていた。

アウロラが驚いて見なおすと、娘は口をぱくぱくしだした。

口をとじたりひらいたり、歯をカチカチ鳴らし剝きだす。それはまるで人語を使いこなそうと悪戦苦闘する蛮族《セム》のようであった。

そうするうちに、きらめく光は、人形のものではない、人がましい感情の証しのように見えた。

娘はアウロラに指をつきつけて云った。「あ、ぅ……お…あ」

当のアウロラは娘の口のうごきを注意深く観察してから、やわらかな口調で聞き直した。

「アルビオナ、ではないのか？　あなたが云おうとしているのは」

娘は大きく瞬くと、もういちど、「あるびおな」

言葉はずっと聞き取りやすくなった。

「なんだい？　その、アルなんとかっていうのは？　ルヴィナさん、あんたしゃべれるようになったのかい」

ロザンナの問いに娘は答えなかったが、アウロラが答えた。

「アルビオナとは、アンテーヌのドミティウス家の女主人のことです。音楽や絵画の題材にもなっています」

「どうしてアウロラさんが？　その……アルビオナだっけ？」

どうしてその名で呼ばれたと解ったのか、ロザンナは知りたがった。

「ある人から云われたことがあるのです。アルビオナの絵姿によく似ていると」

この時アウロラはじつに優しい表情をした。ルヴィナに近づき、ゆっくり穏やかに話しかける。

「わたしはアルビオナ女王ではない。アウロラというのだ。あなたとは、どこかでお会いしたことがあるのだろうか？」

海のように青いアウロラの瞳、その瞳を見上げ、娘はふしぎそうな、もの問いたげな表情になる。

そして――

「あ……」

また何か云おうとする。しかしこの時、くるみ色の瞳に翳りがさした。一瞬で、表情は暗い苦しげなものに変化した。

そして――

娘はひくりと喉を鳴らすと、体を反りかえらせた。

「ヒッヒッ、ヒ――ッ！」

喉をつまらせたかのように呻くと、さらにはげしくのけ反った。

「大丈夫か?」

思わず手を差し伸べたアウロラに、娘は必死にしがみついてきた。アウロラの腕や肩につかみかかり、爪をたて、半ば目をとじ口をぱくぱくさせる。

まるで、それは――

(空気の中で溺れかけているようだ)

娘はなおしばらくアウロラにすがりつき、顔にまで爪をたててきたが、急にがくりと糸が切れたように、アウロラの腕に倒れこんできた。のけ反った娘の喉からごぼごぼと不気味な音がひびく。痩せた体をつっぱらせ、見る間に蒼白になってゆく。

娘の尋常でないようすに気づいてロザンナが慌てだした。

「アウロラさん、ルヴィナさんは生き返ったばかりなんだよ!」

「なんですって!?」とタニス。

「生き返ったばかり……だと……?」

アウロラは呻いた。

ルヴィナの小さな顔は、紙のように白くなっていた。瞳孔が開き、くちびるも開かれたまま凍り付いたようだ。

「息を、していない」

タニスが手首をとり脈をさぐる。「……弱すぎる、呼吸をとりもどさせないと。人工呼吸を施します」

「わたしがやる、息が長い」とアウロラ。

「なんだって、その人工呼吸っていうのは？」とロザンナ。

「溺れた者を救う術です、海軍で習いました」

「か、海軍って？　それに溺れたって……？」ロザンナはますますわけが解らない。

アウロラはそのままの姿勢から、ルヴィナを仰向けに抱きなおし、あごを持ち上げ頭を後ろにそらさせる。そして鼻をつまむと、おもむろに口をおおった。

ロザンナは、初めて目にする「息を吹き込む救命法」を口に手を当てて見入った。

アウロラはいったん口を離し、息を吸っては吹きいれるを繰り返した。五度六度……もっと……人工呼吸を施したのち、娘はすぅと息を吸い込み、白茶けた唇にすこしずつ赤みがさしてきた。

タニスが「助かった！　脈も戻ってきました」

弱々しく息をしながら娘は薄目を開けた。「パ…リ……ス？」

青い目の持ち主に問いかける。

「大丈夫か、息ができるか？」

呼びかけるのに必死のアウロラは、今の言葉を聞きもらした。娘は一瞬ふしぎな、夢から醒めきれていない、そんな表情を浮かべ、

「ア……ルビオナ……」

そう云ったきり目を閉じてしまった。

アウロラは娘を寝椅子に運んでから、ロザンナからそれまでのことを訊きだした。

「そうですか、数奇な運命の娘さんだったのですね」

「ヤーンはこの子からすべてを奪って、返してくれたのは命だけだったんだよ」

「だがあなたに助けられた。タリッド一の女将さんに。強い命運の持ち主だと思いますよ」

アウロラは横たわった娘を見つめて云った。

タニスがかがみ込んで、髪をかきわけたり、瞼をそっとめくって診察している。

「不肖ユーグリエット、女将さんの深い義俠心と云いますか、きっぷの良さに感服つかまつりました！」

大げさなユトにロザンナは照れる。

「何も考えず行動しただけさ。乗りかかった船というか……今も身内を探しているんだよ」

振り向いたタニスが反論する。

「そうでしょうか？　あたくしには、娘さんの身元を探し当てるより、つむりの――いいえ心の治療が先決のように思えます」

「あんた、タニスさん、今——心って云ったのかい？」

「そうです」

女医タニス・リンはきっぱり云った。

「アウロラ様、わたくし、あの娘さんをくわしく診察してみようと思うのですが」

「ああ、よかった」アウロラは心からほっとして云った。「わたしからも、お願いしようと思っていました」

「お話し中だけど」ロザンナが割ってはいる。「あたしにも解るように云っておくれ。町医者の野郎は、生まれつきでなければ、溺れた時につむりがふやけたとかなんとか云ったんだよ。黒曜宮のえらい先生に診てもらえって。それが——心の病だったなんて、どこでどうして解るんだ？」

「ルヴィナさんの頭に傷は見つかりませんでした。それにさっきの発作です。まるで溺れた時のことを再現するようじゃありませんか？　ルヴィナさんは心に傷を負っていて、そのせいで心のはたらきを損ない、言葉をうしなったり、子供がえりしているのではないでしょうか」

「心のはたらきを損なう……」

ロザンナはタニスの言葉をくり返した。

アウロラは黙っていたが、その目はひどく暗かった。

「ロザンナさん」タニスは云った。「人はあまりにも辛い体験をすると、あたかもつむりを刃で切りつけられたり、つよく殴りつけられたように作用する場合があるんです。心の治療はなかなか厄介なんですが、他者には理解されないため、もっと悪化させ、時に死に引き寄せられることもあります」

「そ、そんなことってあるのかい？　心なんてどこにあるのか解らないじゃないか！」

ロザンナは動揺して、ゆたかな胸に手をあてる。

「確かに心とは頭や胸を切り開いても見つかるものではありません。けれどその心があるゆえにドールに魅入られることもあるんです」

アウロラは痛ましげな目になった。

ロザンナははっとしたように、小柄な女医を見直した。

「タニスさん、もしかしたらあんたが、その――」

「ええ、そうです。わたくしは心を治療したことがあります」

「そうなのかい。心を診るお医者だったんだ」

ロザンナはじっとタニスを見つめてから、

「心のお医者さんは初めてだけど、きっと名医なんだね。でも、親御さん探しを後回しにするっていうのは合点がいかないよ」

「ルヴィナさんをこのようにした原因が肉親や――恋人、夫君にあるかもしれないからです。家族の元にかえして、むしろ悪くする場合もあります」

「そんなこと……信じられないよ」

　ロザンナはまだ疑わしげだ。

「ロザンナさんのように健やかな方には想像もつかないでしょうけど、世にはままあることなんです。もっとも今のところは、あたくしの推理に過ぎません。しかも最悪の。ただこれだけは確かに云えます、人の心とは強いようで脆いもの。その脆さゆえ悪魔にもつけ込まれる。いったん闇に落ちると、ルアーの元に引き戻すのは並大抵にはゆきません」

「ずいぶんと厄介なんだねえ、心の病って……」

　ロザンナは昏々と眠りつづける娘を見つめ、ため息をつく。

(脆さゆえ、悪魔につけ込まれるか……)

　アウロラは端正なくちびるを歪め、ルヴィナの寝顔に目を向け直した。

(この娘はアルビオナの絵を知っている。目にしたことがあるのかもしれない。アウルス殿は、大トートスの肖像画はランゴバルド侯ハゾスが所蔵しているとおっしゃった。ケイロニアの宰相と何らかのつながりがあるのだろうか?)

　考え込む時のくせで、銀の鎖を通して胸にかけている小さな指環をまさぐる。嵌《は》め込まれた鉄鉱に似た石から、じんわりした熱が左手の掌《てのひら》に伝わった。

明くる早朝、下町はまだ朝もやの中にある。

ツバメの羽音と囀《さえず》りに、アウロラは微睡《まどろ》みをやぶられた。

寝返りを打って、シーツとその下のほどよい弾力を味わう。

何年かぶりのサイロン風の寝台は、生まれ育った城の、天蓋の付いた豪華な寝台よりも数等寝心地がよかった。

部屋に備わった手洗いで顔と手足を清め、身じまいを整える。

裸の胸にサラシをきつく巻きしめ、左の二の腕の、むざんな傷がつけられた《絵》を隠すように革の腕輪をはめて、飾り気のないシャツを羽織ると、厨房のある階下へと降りて行った。


〈青ガメ亭〉の朝食のテーブルには焼きあがったばかりのパンが並べられた。

かごに盛られた何種類ものパンに、タニスが歓声をあげる。

「いい匂い！　どれもおいしそうですね」

食卓にはくんせい肉、アヒルの卵、甘く煮た果物やら山羊のチーズも上がっている。

ロザンナが、銘々にパンを切り分けてくれる。

「今朝のは、かくべつうまく焼けたよ。アウロラさんが手伝ってくれたおかげさ」

「ほんとうにアウロラ様はパン作りがお上手だったんですね」

「ガティ麦の粉はこしが強くて、大の男でも扱いに苦労するというのに、久しぶりだったのにアウロラさんは頼もしいね、実に堂に入っていた」

ロザンナはアウロラのしっかり筋肉がついた背中を叩いて云った。

「女将さん、この香草入りのパン、嚙みしめるほど芳しい香りが口のなかにひろがって、こんな美味しいパンは生まれてはじめていただきました」とはユト。

「そうかい、気に入ったかい。それはよかった。香草入りのパンはユラニア生まれの下宿人から聞いたんだ。くにの、おっかさんの味ってのを、うちでも出そうとずいぶん工夫したんだよ」

「女将さんはパンの達人です」

ぼそりとアウロラが云った。

ロザンナは、湯気のたつミルクをアウロラの茶碗に注ぐと、

「アンテーヌに滞在していたそうだけど」

「はい。いったん故国に帰りましたが、母の葬儀を終えてから、実家のことは長兄と、古くからの爺やにまかせ――また旅に出たのです」

簡潔な言葉のうちに、つよく嚙み締めるような響きがある。

「……そうだったのかい。お母さんのことは残念だったね。改めて、お悔やみを云うよ。

——以前から訊こうと思ってたんだけど、アウロラさんあんたのおくにって？」

「沿海州レンティアです」

「沿海州の生まれだったのかい。いえね、ずっとふしぎに思ってたから。異国の人にちがいない、でもケイロニアふうなところもあるって。アンテーヌへは何をしに行ったんだい」

「女将さん——」

アウロラの声音は深かった。

「ギーラに寄港することになったのは、本当に思いがけないことだったのですが、その土地でもとてもよくしてもらいました。ケイロニアという国はほんとうによい国だ、わたしの第二のふるさとだと思っています」

「そう云ってもらうとありがたいね。サイロンはご難つづきでさ。猫の年の黒死病だろ、その上こんどはとんでもない数のトルクが涌きだした。下宿がだめになって、パン屋の稼ぎだけになっちまったのに風評被害っていうのかい？　よその国の人はもちろん、ケイロニアの別の領の商人《あきんど》もサイロンって聞くと二の足を踏むようになったって云うんだよ。なのに心配して遠路はるばる来てくれたなんて、うれしいじゃないか、ほんとうにあんたのご先祖にはケイロニア人がいるのかもしれないね」

「アンテーヌは海に臨んでいます、ノルンの海に。ノルン海はレント海とつながっている——おっしゃる通り沿海州人とケイロニア人とは、遠い昔おなじひとつの枝から分かたれたのかもしれません」

「壮大な夢のある話だね。あんたには詩人の才もあったんだ」

「いいえ、こういうものの考え方はとある人物の影響です。詩人ではなく、史学者の卵——パロの学生でした」

「へえっ、パロの？　その人は男かい」

「そうですが」

「意外だからさ。アウロラさんが、パロの色男とおつきあいがあったなんて」

アウロラより先にユトが答える。

「女将さん、パロ男は美形ぞろいと思ってませんか？　ですが、かれは違います」やけにきっぱりと「まじめで性格のいい人でしたが、身長だって……ぼくより二タルスと半分ちびだったし」

アウロラは苦笑して補足する。

「彼とはゆえあって行動を共にしていたのですが、旅の途中にパロの内乱と主君の死を知って、わたしたちと袂を分ち故国に戻ったんです」

「そうかい。パロも内乱でたいへんだったそうだね。ここんとこ中原は、あやしい、おそろしいことが立て続けに起こっている。悪いものに魅入られてんのかねえ」

ロザンナはうそ寒い表情になって云う。「アウロラさん、あんたは聞いてないかい？豹頭王の奥方の黒い噂を。黒死病をサイロンに蔓延させたのはシルヴィア王妃だ、黒死病のたねを撒いて、ドールに国を売ったって、まじない小路でゾンビーが口寄せしたっていうのさ」

「それなら、タリッドに入ってすぐ。街頭で吟遊詩人が語ってました」

「それを聞いて、どう思った？」

「あやしい、胡散臭《うさんくさ》い話だと思いました。まじない小路の魔道師は一人残らず消え去ったと聞いてますし」

「ロザンナさん、黒死病は伝染力のきわめて強い病です。もし菌を人の手で撒くようなまねをしたら、まっさきにそのお妃が罹患《りかん》して亡くなったはずですわ」とタニス。

「……そうかい。黒死病を人の手でばら撒くことはできないかい」

考え込んでしまったロザンナに、アウロラは怪訝な目を注いで、

「アルド・ナリスという逸材を失ったパロには同情を禁じえませんが、このケイロニアには豹頭王グインがいる。名将であり、施政者としても名高い、中原に並ぶ者なき王者だ。豹頭王という精神的支柱があるかぎりケイロニアは必ず復興する。民衆の黒い噂もやがては終熄してゆくだろう」

熱のこもったアウロラに、タニスはちょっぴりと水をさす。

「サイロンはずいぶん大変なことになっているようですが。アウロラ様は豹頭王の人柄をご存じなんですか、実際にお会いになったことが？」

「パレードでその姿を見かけたことがある。すばらしい筋肉、豹頭は本物の野獣のものにしか見えなかった。腰に両刃の大剣を佩いていて、戦士の剛毅と、王者の風格とを漂わせていた」

うっとりした表情で語る。それはまるで伝説の戦士にあこがれる若い騎士のようであり、第一の従者さえ嫉妬する気にならないようだ。

（姫様の、蓼喰ふ虫もすきずき《イラナはいかものずき》につけるクスリはないや……）

「そうかい。豹頭王様なら、お妃の不名誉を晴らせるのかねえ」

ロザンナは浮かない顔でつぶやいた。

4

ルヴィナはタニス・リンの診療を受けることになった。まずはじめに精密な検査がほどこされた。特につむりについては、髪をかき分け、瞼の裏までひっくり返して、瞳孔や、音の聴こえも調べたが、異常は見つからなかった。

しかし首から下には……。ひとつひとつの傷は小さく治りかけてはいたが、痣《あざ》や爪で引っ掻いたような跡が体中に散らばっていた。

（やっぱり）女医は顔を曇らせ、娘を麻酔で眠らせておいて囁いた。「ごめんなさいね、もう少し調べさせて」

診察した結果は、性的虐待を受けていたのではないかとの疑いを深めるものだった。

検査が終わって、いよいよ心の治療が——言葉にかかわる部分から始められた。

女医は七つ道具のはいった鞄から絵札《かるた》の束を取り出した。絵札には簡略な線と色使いで、動物や、花や、コップのような日常づかいのものが描かれている。

幼児に言葉を覚えさせる要領で、タニスはルヴィナに絵札を一枚一枚見せて、描かれたものの名を読み上げてゆく。

「猫《ミャオ》」「犬《バウ》」「草ウサギ《トーリス》」「穴ねずみ《トルク》」「蜥蜴《クルーラ》」

くり返し、辛抱強く。

最初のうちルヴィナはこの行為にまったく興味を示さず、幼児の飽きっぽさでどこかへ行ってしまおうとする。しかし介助役のアウロラに阻止され、引き戻される。

「あなたのためなのだ」とアウロラは諭すように云った。

すると娘はすごすごとタニスの前にもどってくるのだった。

そうして――

「ミャオ」

「み、やう、お……」

ようやく発された言葉は、幼児めいて聞き取りづらかったがアウロラには聞き分けることが出来た。

「そうだ、ミャオ。よく云えた」

アウロラに褒められ、励まされ、次の言葉を紡ぎだそうとするルヴィナの表情はいきいきして見えた。

「患者の知能をはかるためのものでしたが、役立ちましたね。これを続けてゆけば失語症はなおせるかもしれない」

タニスはにっこりして云った。

ルヴィナは自分から、絵札の山から一枚をぬきだして、それをアウロラに見せる。

白い花の絵が描かれている。

「マリニア」

アウロラは娘に花の名を教えた。

娘はものまね鳥のように、

「ま……り……にあ」

「マリニア」もう一度、アウロラ。

「まりにあ」

「その花は、あなたに似ている」

アウロラがほほ笑んで云うと、言葉を解したようには見えなかったが、娘はうれしそうに笑った。その顔はたしかにマリニアの花が咲きほころんだかのようだった。

（姫様ったら……）タニスは困ったものだと云いたげに、（これじゃまるで、騎士が娘を口説いているようだわ）

アウロラはタニスに問うた。

「タニス先生はルヴィナさんの診察を通して見えていることがあるのではないですか？

今までルヴィナさんはどんな暮らしをしていたと思いますか？」

　タニスの表情はけわしくなった。

「幼い時代に留まりたがっています。まちがいなく。成人になる過程で虐待を受けたのかもしれません」

「虐待？　それらしい傷があったのですか？」

「ええ、どれもさほど深い傷ではありませんが。むしろ私は水責めを疑っています。抱え主の云うことをきかないと遊女は水に漬けられるのです。クムのタイスでは体に傷を残さない折檻として知られています」

「なんという非道が行われているのだ」アウロラは憤慨する。「先生はタイスのような郭《くるわ》にルヴィナさんがいたとお考えなのですか」

「そうです。非道な折檻をくり返し受けたそのせいで、一生話すことができなくなった娼婦もいるそうです」

「サイロンにも遊郭があるのだろうか？」

「公娼の館はないようですが、裏町通りで私娼らしき者を見かけましたし、テッソスでは月ごとに奴隷の市が立つそうです。ケイロニア男がみな豹頭王のように清廉な人柄かといえばはなはだ疑問ですわね」

　アウロラは苦笑して、云った。

「ですが、わたしにはルヴィナさんが娼婦をしていたとは思えない」

アウロラにルヴィナの診察結果のあけすけな部分は伏されていた。アウロラはロザンナがルヴィナを助けた時に上等な絹の寝衣をまとっていたことや、アルビオナの肖像画を知っていたことから高家の娘ではないかと考えていた。

またもともと色っぽいことに知識も興味もないアウロラがタイスと聞いて思いつくのは、特殊で限られた世界で生きる女への同情――それに共感であったのだ。

（……同じではないか、王家に生まれた娘も自由が許されぬという点は、タイスの郭の遊女と違いはない）

国を出奔してきた王女をとらえこんで離さない宿命《コンプレックス》の思い。

それに、やはり――

（世捨て人ルカに会いたい。ルカなら娘の素性が解るのではないか？）

一方で町歩きから戻ってきたユトに、タニスは憤懣をぶつけられていた。

「下町の人は親切で情に厚い人ばかり――と聞きましたが、まるっきり逆でしたね」

ユトの上着とズボンの一部が濡れている。

タニスは労《いたわ》るように、「お疲れさま、たいへんだったみたいね。これをお飲みなさい」

アンズ水をもらって飲み干すと、ユトはひと息つく間もなく一気にまくしたてた。

「協力どころか――予言者を探していると云っただけで、うさん臭がられ、白い目で見られ、あげくにお向かいのおばあさんから『魔道と聞くだけで虫酸が走る』ってヒシャクの水をかけられたんですよ」

アウロラに予言者さがしを命じられ、下町中を歩き回り聞き回った結果がそれだ。

「これじゃまるで漏らしちゃったみたいでかっこ悪いったら、うー」

タニスが言葉に詰まっているのは吹き出すのをこらえるのもあった。

「ところで、姫様はどちらに行かれたんです？」

「ルヴィナさんとパンの厨房よ」

「また、どうして？」

「日常の生活に触れさせてみるのも、治療になるのではないかと仰られて」

「アウロラ様も物好きな、あんな……絶対まともな女じゃありませんよ。卑しい娼婦か、逃亡奴隷ってとこじゃないですか？」

ユトはルヴィナに対して容赦なかった。軽い敵愾心を抱いているようだ。

「こうしているうち、百年目のドーカスのようなことになって、帰国したらほうけ頭の戴冠が済んでいた――なんてことになっていなければいいんですけど」

「ほうけ頭だなんて、仮にも王太子殿下に云うものじゃないわよ」

「タニス先生だって、云ってるじゃないですか？　お家騒動の時には、ひとりで逃げ出そうとした方ですよ。ほうけ頭でもぬるいぐらいだ」

アウロラの兄王子は、正統な王位継承者でありながら、王城を逃れて、ミロクの巡礼団に身を隠していたのだ。そこを見つかって城に連れ戻され、海軍大臣で提督のハウゼンが、王太子の摂政兼教育係に就任した。

「ハウゼン提督は摂政に就任される際、ぼくに耳打ちしましたからね。『王太子殿下のぬるい性根を一から叩き直す』って」

以前より長姫アウロラを女王に推していたハウゼンである。兄王子の即位に納得しているようには誰の目にも見えなかった。

なにしろ摂政に立ったハウゼンの目つきたるや、「新入りの甲板ばしりをしごき倒す」鬼提督そのものだったのだ。

タニス・リンは思いだし、胸の内でドライドンに祈らずにいられない。

(王太子殿下の航海にご加護を！)

ユトは水差しの水滴を指でなぞっている。まだ云い足らないようすだ。

「――だが、やっぱり問題なのはあの女だ。ぼくの姫様にまとわりつき、世話を焼かせて、それを当然のような顔でいる。そこがむしょうに腹が立つ。何様だと思ってるんだって、髪を摑んでひきまわしてやりたくなってくる」

「乱暴はだめよ、病人に。何様っていっても、ルヴィナさんは意識してそうしているわけではないのよ」タニスはすこし考え、意地のわるい切り返しをした。

「もしかしたら、それってあなたの焼きもち？」

「違いますよ！　あの時の、く、口づけは、人命救助で仕方なかったわけですし」

「やっぱり」

正直者はいつも損をするのである。ユトは口惜しげに「うー」とだけ唸る。

タニスは可笑しくなったが、次の刹那、眦《まなじり》をつりあげた。

「――ユト」

「なんですか？　急にこわい目になって」

「窓に人影がうつっていた。こちらを窺っていたように見えたわ」

タニスは下宿の窓を指さした。鎧戸に格子がつけられた北方らしい窓、カーテンが風に揺れているだけだった。

「ここは二階ですよ、気のせいじゃありませんか？　タニス先生」

そう云いながらも窓の下を確認する。下町の狭い路地に人影はない。

「気のせいじゃないと思う。灰色の、マントの端がよぎって見えたから……」

「灰色のマントかぁ。でも翼でも生えてないかぎり、無理ですよ」

ユトはつぶやくと、てすりから身を乗り出して、屋根のひさしを見上げた。

「先生見て下さい、これを」

アウロラが籠に入れて来たものを見て、タニスは驚きの声を上げた。

「女将さんの許可を得て、ルヴィナさんに作らせてみたんです」

ルヴィナが作ったというパンは、ミャオやトーリスなど動物をかたどっている。

「まあ、これって……」

タニスは驚きに目をみはる。この女医にはめずらしく感情を露にしている。どのパンも絵札に描かれた動物をかたどっていたのだ。

「ルヴィナさんは、器用にパンを形作っていた。とても楽しそうに」

説明するアウロラも楽しげだ。

「つまり、手先の運動機能と、見たものを記憶し再現するつむりの機能に異常はないということですわね」

「それにユーリィが云っていたが、救われた時は骨と皮のように痩せたひどい有様だったそうだ。今はふっくらしているし、頬も美しいばら色をしている。健康を取り戻しているのは間違いない」

「でも発声のほうはまだだわ……」

タニスはため息をついた。ルヴィナの語彙は今だに幼児の域を脱していない。

「一生このままということもありえます」

アウロラは蝦蟇《ランダド》のパンを手にうなだれる。

「あるいは、何かきっかけが——堅く閉じられた心をひらく鍵のようなものがあるかもしれない。諦めはしませんけど」

「タニス先生がそう云ってくれると心強い」

「アウロラ様——」タニスは改まって云う。「ユトに世捨て人ルカを探させているのは、ルヴィナさんのためもあるんでしょう？」

「……タニス先生」

アウロラはぎくりとしたふうを見せる。

「なぜですか？」

「なぜ、とは？」

「アウロラ様がルヴィナさんを気にかけていらっしゃるのは、アルビオナの肖像の——アウルス侯とのゆかりを疑っているからなんですか？」

「いや、気がかりなだけだ。どんな境遇に置かれていたのだろうかと。無邪気にしていてもつい考えてしまう。目が離せなくなる……」

アウロラは今はじめて気付いたように云った。

「まあ！」

　タニスは驚きの声を上げる。

「ユトにでも聞かれたら、おだやかじゃありませんよ。おそらく姫様はあのかわいそうな娘さんを気に入ってるんです。好きだと気になってしまうものです」

「そうだろうか、見守っていないといけない、そんな気はするが」

　この時アウロラの中でふっと像を結んだものがあった。

（……ティエラ）

　その白く儚い面影は、ルヴィナとどこも似てはいなかったのだが。

　アウロラの左腕にむざんな傷と、もっと深い——生涯消し去れぬ慚愧の念をきざんだ白き姫……。

（わたしは、ルヴィナさんにティエラを見ているのか？）

（ついに暗黒《ドール》の手から引き戻せなかった偽妹《いもうと》を。わたしは……）

　なやましい思いを中断したのは、切迫した呼び声だった。

「アウロラ様ッ！」

　声が聞こえたのはルヴィナの部屋だ。

「どうした、ユト？」

　扉が開け放たれた部屋の中央で、ユトは額をおさえ立ちすくんでいた。

「曲者のようです。不審な物音がしたので、ようすを見に入ったら、大胆にも中にはいりこんでいたんです、灰色の熊《バル》みたいなやつが……」

部屋の寝台にはルヴィナが腰かけていた。ぼぅとした――夢をみているような表情を浮かべている。

「いきなり、つぶてのようなものが飛んできたんです」

ユトの指の間から鮮血がしたたり落ちた。

「曲者は、窓からか？」

「たぶんそうです」

アウロラの後から部屋にはいってきたタニスが「傷を見せて！」手当をはじめる。

アウロラは大きく開け放たれた窓を見ていたが、おもむろに窓に歩み寄った。

ユトが慌てたように、

「まさか姫様、曲者を――？」

「ユト、タニス先生――」一瞬だけふりかえり、「ルヴィナさんを、頼む」

そのまま路地に身を躍らせた。


イリスのない夜であった。

じょじょに闇の濃くなりまさる街路をアウロラは走ってゆく。

追っている者の姿は見えない。足音もきこえぬ。ごくかすかに紫めいた、大気がかきみだされた軌跡を感じとれるだけ。それはニンフの指環によるみちびき。深い闇の中でレンティア王女の知覚を助けるものだ。

　居酒屋の灯りが、後ろにながれる金髪や、ルアーのような横顔をきらめかせる。気づいた酔客が（ひったくりでも追いかけているのか）首をかしげたが、見直した時すでに後ろ姿も足音も遠ざかっていた。

　どれぐらい走ったか、黄昏の紫に濃く暗い色みが混じりこんできた。軌跡がとだえたのは、ひときわ闇の濃い一画だった。灯火のない、人の気配がまったくしない区画にはいり込んでいた。アウロラは息を深くした。空気の質がまったくちがう。多少の土地勘はあったので、入り組んだ下町の道を走りながら、そこ﹅に近づいていることに途中から気付いてはいた。「そっちに行くのは避けたほうがいい」という本能の訴えと共に。

《まじない小路》の入り口にアウロラは立っていたのだ。サイロンの市門をくぐってから二度目だった。

（騎士たちはどうした？　いないのか）

　あの日、槍をすじかいに構えて、アウロラたちに厳しく立ち入り禁止を云いわたした騎士の姿がない。松明の灯りもない。小路はぶきみに静まりかえっている。並の女なら、いや男であっても、夜の《まじない小路》を歩こうとは思わない。アウロラは、その理由を知ってはいたが、狭い小路に一歩を踏み出していた。

わずか数歩で、背後の街の灯りが弱くなりふっと途絶えた。そこから先には厳然と境界が存在しているのだ。

アウロラがそちら側に入ったとたん──

「ウワァァッ……！」

「う、うぐぅ」

すさまじい叫び声が聞こえてきた。

アウロラは首に下げた鉄鉱石の指環を握りしめた。亡き母王の形見──ニンフの指環とは、真の闇で音や波動を増幅し、見えざる敵に抗するすべを教えてくれるものだ。

指環を通して、アウロラのうちに流れ込んできたのは、犠牲者たちの恐怖と苦悶、そして絶望であった。

アウロラは震撼した。断末魔の声を聴き分けて。

まじない小路の闇に隠され、凄惨で、おぞましい死が撒き散らされている。アウロラには解った。死をもたらしているのは、鋼の剣ではなかった。人体を破壊し、鮮血をほとばしらせる凶器に一閃で命を終わらせる慈悲深さはなかった。皮が肉が筋がひき裂かれ、腕がひき抜かれ、内臓が──それを護る骨ごと掴みつぶされる。犠牲者の断末魔は引き延ばされ、発狂しかねない恐怖を味わい、絶望から発するおのが体臭に鼻腔をふさがれながら口から血と泡を吹いている。

今、ニンフの指環は、アウロラにおそろしい真実をつげていた。数タッドと離れていない、闇の中に、神話時代の闘技士《レスラァ》のように、素手で相手を引き裂き屠る者がいる！

おそるべき膂力《りょりょく》の持ち主――ガブールのグレイ・エイプのような怪物が闇にまぎれ跳梁しているのか!?

否！

類人猿の吼えたける声や、獣の臭いはしなかった。人間のしわざだ。人間にまちがいない。そうアウロラは感じた。

それも指環にもたらされた直感だったのか、その時アウロラのうちに《像》を結んだものがあった。

黒曜石の玉座に就いた生けるシレノス。地上最大の剛力の持ち主とさえ云われる豹頭の超戦士の姿だった。

（まさか、そんなことが――）

あやしすぎる思いが、アウロラの恐慌をなおもかきたてた。

指環はじりじり熱を発しつづけている。これほどつよい反応を今まで知らなかった。

それだけ強大なエネルギーを持つものと遭遇したことなどなかった。

（指環は警告している。この場を逃げろ、強大な敵から逃げだせと――）

同じ闇の中にひそむはずの下手人に動きはない。息づかいも聴き取れぬ。飢えた獣が今の殺戮で満足したとでもいうのか？　しかし今ここで動いたら、それこそ危険ではないか？

逡巡するうち、手の中の指環が、ふいに沈黙した、としか思われなかった。

と同時に風を感じた。唐突に、なまぬるい腐臭混じりの風が、アウロラの顔に吹き付けられた。

――ほほう。

その《声》は、アウロラの顔をのぞきこんで吐かれたようだ。腐った風の精に、おとがいを持ち上げられたような感覚。アウロラは闇の中で顔をそむける。

（何なのだ？）

しかし声を上げるのは危険すぎる。念をこらし胸の指環に問いかけるが、指環は冷えきったままだ。

五感を闇にとり込められていることに改めて恐怖をおぼえる。

――フォッ、フォッフォ。

こんどは耳元ちかくでした。

（これは魔のものか？）

得体のしれない笑い声は、殺戮者よりおぞましく感じられた。

思わず剣にのばしかけた腕に、ずんと、異常な重みが加わった。

(何なのだ？)

喉のおくで漏らした声が頭の中で、異様なほど大きくひびく。かつて味わったことのない恐怖が喉をせりあがる。アウロラは悲鳴をかみ殺す。

異常な圧は腕だけではなかった、全身が縛られ、首をまわすことすらできない。まるでぶ厚い石板と化した闇に体を挟み込まれ、拘束されているような感覚だ。

闇に展翅されたアウロラに、さらにあやしい魔の手が見舞った。無形の触手による走査。それは昏い意図と、おぞましい実効力を持っていた。

いまだ愛撫を知らぬ娘に、邪神《ドール》の名を奥歯ですり潰させる。みだらの強要にも等しかった。革帯に隠した瑕瑾を暴きたてられることは。

屈辱感をことさら煽るふくみ笑い。

《なかなかに美麗な装飾、いや――加工がほどこされておるな》

左腕に焼ごてを押し付けられる幻痛が見舞う。呻くまいと歯を食いしばる。

この気丈な反応に、余計に食指をそそられたというように、アウロラを包んだ闇の密度が高まる。かぎりなく濃厚な闇から分裂した、形なき触手が伸びて来た！

圧倒的に邪悪な思念との攻防など、沿海州生まれの剣士に抗するすべはなかった。

なすすべもなく精神という鎧を貫かれてしまう。内部に侵攻を遂げたそれは、アウロラの深奥にしまわれたなりたちの物語に手をかけ、押しひらいた。
《ほう、ほう――！　これは驚かされたぞ。たぐいまれなる蝶々を捕えてよく見れば、巨大《ガトゥー》な魚の仔であったとはな。レンティア王女にして選帝侯の娘よ！》
（なっ、何を……）
出生の秘密をあばかれ、一瞬頭の中が真っ白になったが、炎の激しさで怒りがよみがえる。それと同時に闇の拘束が解けた。
フォッフォッといやらしい笑いが響いた、頭の中心で。
《なかなか激しい。激しい娘は嫌いではないぞ》
（お前は何者だ？）
《わしが気になるか、それほど知りたいか？　ならば教えてやろう。さよう――わしは庭師だ》
アウロラは愚弄されたと思い、つむりに居座るものにありったけの怒りを炸裂させた。
《――おお。激しすぎるな。いかに若くとも、つむりの血管《ちくだ》を切るぞ。まあ聞け。庭師と云ったが、ただの庭師ではない。わしは中原それ自体の庭師なのだ。特別な役割を果たす人間たちを庭園の樹木にみたて、思うように枝葉を刈り込む。世界の創造者――つまり神なのじゃよ》
（嘘だ！）

《嘘なものか》
(闇を跳梁し、人を殺める神などいない！)
《ふむ？　この闇の中で感知したか。魔道の心得があるようじゃな》
アウロラははっとした。
(お前こそ、黒魔道を操り……何を？)
《麗しき王女よ、そなたによこしまな言葉は似合わぬぞ》
《声》には滴るような悪意があった。
(あの正体は…いったい……？)
《知りたくば、おのれの身をもって確かめてみるか？　あれの力を試すのによい機会だ》
最後の言葉をいぶかしむ暇《いとま》はなかった。
ぶんと、すさまじい風圧が見舞った。アウロラが間一髪で避けられたのは研ぎすまされた感覚のおかげだ。石畳の上を転がって身を逃し愛剣をひき抜いた。
肉厚の両刃の剣のつかを両手で握りしめる。相手の尋常でない殺気は、闇の中に巨軀を浮き彫りにしていた。
次の攻撃がくり出されたのに反射し、アウロラは渾身の力で鋼の剣を振り下ろした。
次の瞬間、岩か何かおそろしく堅いものに斬りつけた衝撃が走って、アウロラは石畳に叩き付けられていた。背中を打った痛みで一瞬息が出来なくなる。

（ドール……）

死の影を感じた、その時――

まじない小路のもう一方の口であるタルム広場に、まったく別の気配が――光と音とがあふれ出した。

松明を手に大勢の人間が小路に入って来たのだ。

《フン、雑魚どもめが》

吐き捨てるように云ってから、

《王女よ、いずれまた逢うこともあろう。クククッ……》

いやな笑いが途切れると、いくつもの光の輪によって闇のとばりが破られ、闇に慣れたアウロラの目をくらませた。

松明をかざしているのは、青地に銀糸を織り込んだ胴着をつけ、長い棒をたばさんだ護民兵たちだった。

護民兵たちは、路地に打ち捨てられた、酸鼻なふたつの屍を前にしてウッと呻く。どちらも騎士の鎧を着けていた。一人はありえない角度に背骨を折り曲げられ、もう一人は首をねじ切れる寸前までねじり回され、剣を握ったまま腕が肩からひき抜かれていた。

その場をよろよろと立ち上がったアウロラに、大柄な護民兵が近づいてきて鋭く云った。

「動くでない。お前はここで何をしていた？　傭兵のようだが鑑札を持っておるのか」

「わたしは外国からの旅行者だ」

「外国からだと？　ますます怪しい奴だ。豹頭王グイン陛下の名のもとに、騎士殺しの容疑で取り調べる、おとなしくしろ」

　他の護民兵も集まってきて警棒を構える。

　アウロラは警棒の輪の中心に囚われていた。

第二話　ヨームとガトゥー

1

その建物はサイロン市中でもひときわ高く堅牢な塀の中にあった。塀の上面にはおそろしげな棘が植え込まれ、すべての門と出入り口に武装した兵士が立っている。

イリス監獄——。

元の名を小月宮殿、かつての主人はダリウス・ケイロニウス。皇位簒奪の奸計《かんけい》に破れ凄惨な最期を遂げた。偉大な兄と、兄に愛された豹頭将軍を呪いながら猛火に焼かれたのだ。

そのダリウス大公の離宮であるから、住む者もなく荒れるばかりで、黒死病の折りには遺骸の仮の置き場ともされた。やがてサイロンっ子の間に、離宮には呪いがかけられている、立派な身なりをした男の影を見た、などという噂がたちはじめた。

外観瀟洒《しょうしゃ》な幽霊宮に目をつけたのは財務官吏だった。その頃市内の監獄は老朽化がすすみ改築が必要だったが、サイロン市も黒曜宮も費用の捻出に窮していた。

「小月宮を転用したらいかがでしょう？　規模も場所柄も申し分ない。それに——宮殿に幽霊を住まわせておくなんてもったいない」

こうしてイリスの離宮は、サイロンの暗く汚れた役目を担わされることになった。

内部は薄暗く饐《す》えた臭いがこもっている。

廊下に一定の間隔で置かれたロウソクは、どれも切り株のように溶けくずれ、炎は不安そうに揺れている。

鍵束の音をさせて牢番が通る。

牢番の後ろを護民兵に挟まれて歩いてゆく者に、格子の付いた窓から好奇の鎌首をもたげた蛇の目が注がれる。

「おーい、新入りさんよォ」

鉄格子を叩きつけ振り向かせようとする。

「ほお、若えなあ。それにずいぶん優男《やさおとこ》だ。血気にはやって刃傷《にんじょう》沙汰を起こしたのか？　それとも娘っ子がなびかねえってんで手ごめにしたか」

「うるさい、止めるんだ」

牢番が叱りつける。

「婦女子に狼藉を働いたくず野郎はきさまだろう？」これは護民兵の一人。

「その点はよぉく反省し、心から許しを乞うております。ヤーンに、サリアの白くすべすべした尻っぺたに、へへへ」

「反省が聞いてあきれる。余罪がばれて勾留が延びたばかりであろう。きさまのようなくずは一昔前なら断種されても文句は云えないところだ」

「そいつァ勘弁ですぜ、だんな。それで、そのくず野郎は、いったい何をしでかしたんで？」

別の窓からも陰湿な期待にみちた目が注がれている。

「ふん、聞いて腰ぬかすな。こいつは国王騎士を二人、素手で引き裂いた凶暴な通り魔だ」

「そいつが素手で騎士を殺ったァ？　ま、またァ、俺を脅かそうと思って……へへ」

半信半疑の目つきだが、笑いはうわずっていた。

「そういうことだ。しかし残念ながら、きさまらといっしょにはせぬ。こいつは地下の独房行きだ」

「地下牢か。あそこなら……キェへへ」あやしげな笑いを漏らして、「どんな凶暴なやつも、おとなしくならあな。海モグラ《なまこ》のキモみてえにちぢみ上がる。夜な夜な壁から幽霊がしみだしてくるんでしょ？　皇帝陛下の弟君が。皇帝になれなかった恨みつらみを聞かされて、脳を患った奴もいるってェ話だ」

「そんなことは噂に過ぎぬ。益体《やくたい》のないことばかり云っておると勾留がさらに伸びるぞ」

護民兵は警棒を手のひらに転がしながら云った。

「だんなァ、そりゃ殺生ですぜ」

このやりとりを、「凶暴な通り魔」は憮然とした面持ちで聞いていた。

「入れ」

戒めを解かれるや否や、中に突き飛ばされた。次いで扉の錠の下りる音が響く。ぶ厚い石の壁に囲われ、廊下から格子を通した光しか入ってこない。おそろしく殺風景で、寝台もなく、壁のいちぶが棚のように出っ張っているだけだ。

その棚にアウロラはどしんと腰を落とす。

騎士殺しに疑われ、怪戦士のしわざであること、黒魔道師らしいあやしい声の主について説明したが聞き入れて貰えなかった。濡れ衣を着せられた怒りを、失望と不審感がつのらせていた。

(確たる証拠もなく下手人扱いするとは、ケイロニアの護民兵はこの程度か)

身許保証人にロザンナの名を出したが、死体の検分やら遺留品集めにやっきになっていた護民兵が〈青ガメ亭〉に問い合わせたかどうかも解らない。検屍が終わると隊長らしい大柄な護民兵に云いわたされた。

「明朝、護民官の取り調べがある。それまでイリス監獄の地下に収監する」

（このまま朝を待たねばなるまい）

疲労はおぼえていたが、この場所で眠りの慰謝を得たいとは思えなかった。指環は依然として沈黙を守ったままだ。

半ザン——もう少し経った頃だろうか。

廊下の壁龕《へきがん》のロウソクはいよいよ溶け崩れ、大きくひと揺れすると燃え尽きた。まるで闇が落ちるのを見計らったように、

——アウロラ。

頭の中で響いたその《声》に、邪悪さはかけらもなく、涼しげな響きと、香草のよいにおいをともなっていた。

次いで視界が明るくなった。

地下の牢獄に最も似つかわしくない光であり景色であった。天井があったところに大空が広がっている。その空の色はケイロニアの空とは異質な、あやしい青紫を帯びていた。

その空の下に、黒づくめの、フードをおろした背の高い人影が立っていた。吹き寄せる風に道着のすそをはためかせている。

「――あなたか？　世捨て人ルカ」

名高い白魔道師。まことの予知者として名高く、助言をほしがる者は多いが、気むずかしい上に臆病であるとも云われ、結界から出てくることは滅多にないとされる。

「アウロラ、久しぶりですね」

「妙な場所で再会したな」

アウロラは肩をすくめた。

ルカは頷いた。深くかぶったフードから、長い白髪と端正な顎がのぞく。

「サイロンに入ってすぐ、まじない小路に行ったのだ。魔道師がいなくなったと聞き、もうあなたには逢えないのかと、深く落胆していた」

このせりふは白魔道師の口もとをかすかに緩ませた。

「まじない小路から魔道師が去ったのはまことのことです。元からの《場の力》がいちじるしく歪められたせいで、魔道の因果律に狂いが生じ、呪力がおのれ自身にはね返ることを畏れ、たくさんの住人が逃れてゆきました」

「あなたは逃げなかったではないか？」

「私にはするべき務めがありますゆえ。それに隠棲の栖《すみか》は遠く隔たった地にあります。

なれどこの度の異変によって、まじない小路に結界をひらくことができなくなりました。あなたが訪ねてくれたことも、今宵災難に遭われたことも、一万モータッド彼方から気付いてはいたのですが――海の女王よ」

　初めて出逢った日にも、そう呼ばれたことをアウロラは思い出した。

「今宵まじない小路でとんでもないやからと遭遇した。グレイ・エイプのような怪人と、おぞましい術を操る魔道師だ。あやつらの正体を知っておるか？」

「ゆえあって、私にはその名を口にすることができませぬが……。闇を司り、ドールを祭る、おぞましい企図をもって中原を脅かそうとする者とだけ申し上げておきます」

（闇の司祭、ということか。ミイラが腐ったような臭いをさせていた）

　どうやら世捨て人がその名を口にしたがらないほど力のある魔道師らしい。アウロラは闇の中で内面を探りだされた不快と屈辱を思い出していた。

「そやつがわたしにけしかけてきた怪物――それが今回の騎士殺しの下手人だ。すさまじい膂力と巌のような身体を持っていた。人のかたちはしていたようだが、ルカ、あなたにはその正体がわかるか？」

「黒魔道における魂返《たまがえ》しの術では、死人を生きているかのように動かすことができます」

「ゾンビーだと云うのか？」

アウロラは首を振った。

闇の中に放たれたむんむんするような《気》は、とうてい死者のものとは思えなかった。ニンフの指環にかつてない激しい反応をもたらしたのだ。

（……そうとは思えなかった）

ルカは云った。

「因果律をねじ曲げることで召喚された闇の生物やもしれませぬ。まじない小路に今およんでいる異常は、かつて魔道のなりわいに勤しんだ者たちの残留の《気》の他に、儀式に捧げられた生け贄の苦悶と恨み、また魔道に頼って敵を陥れようとした黒い心までも塵をかき集めるように集めた結果のように思われます。凝集した魔毒は結界をひらかせないほど空間の圧を高めることとすらある。かくも魔毒が凝集し濃密となった生け簀なら、どのような怪生物が生み出されてもふしぎはないと思います」

「先日サイロンで起きた暴動の発端は、ゾンビーによる口寄せだったと聞く。ゾンビーを操って市民を煽り暴動を起こさせたのも、同一の魔道師のしわざだろうか？」

「お許し下さい、これ以上あの者に触れることは。その名を口にだすだけで災いを呼び寄せる怖れがあります」

アウロラは食い下がった。

「もし、まじない小路の境界を侵し、よこしまなるものが、サイロン——ひいてはケイロニア全体を脅かすとなれば白魔道の教義にもとるのではないのか？」

「――そのことですが」ルカはしぶしぶと重い口を開いた。「サイロンの黒死病には疫学の因果性にあわぬ点が多く見られます。もっとも豹頭王による水際立った防疫の措置が功を奏し、七つの丘の内側で食い止められていたことも忘れてはなりません」

「黒死病には黒魔道が関わっているのか？　その手で病を撒いた者がまことにいるのだろうか？　それだけでも教えてくれ」

「なぜそれほどサイロンに思い入れ――肩入れするんです、海の女王よ」

「サイロンを第二の故郷だと思っている。故国の城を出たわたしはこの街に来て、それまで絵空事に過ぎなかった人々の暮らしを知った。そこには人の情が確かにあった。学び取れたのは生涯の宝だと思っている。その時寄宿を共にした者も病に倒れている。もし下手人がいるのならダリルのかたきだ」

アウロラにかけられたルカの言葉は冷徹だ。

「――魔道によって黒死病をもたらすことはできません。なれどしかし罹患した人や獣を操り、人間に触れさせて伝染をひろめることは可能です」

「はじめに病を得た者はどうなる？」

「発病し死は免れ得ません」

「それでは《売国妃シルヴィア》――豹頭王の妃がサイロンをドールに売るなどありえ

ないではないか。なぜ人々は王妃に罪を着せるようなまねを？」

「王妃は下手人ではない。理と知をもってすれば瞭然のことが、ケイロニアの――市井の人々の目に歪められ映されたのは、まじない小路により集まった《黒い気》に、王妃その人自身の悪評がむすびあった結果のように思えてなりません。ケイロニア皇女シルヴィアは、豹頭王グインの《シレノスの貝殻骨》だったのです。サリアの神聖な誓いで結ばれた夫でない者の男の子を宿したのですからね」

苦い真実を告げるルカの口元は歪んだ。

「ケイロニアの宮廷では、王と王妃を指して、ヨームとガトゥーと呼ぶ者さえおりましたよ」

「ヨームとガトゥー《めだかくじら》……」

諺の意味するところをアウロラも知っていた。あまりにも違いすぎた男女は一緒になれない、たとえ結ばれても不幸になるというものだ。その響きは皮肉な疼きを左腕の傷痕にもたらした。

「王が内乱のパロに出陣し不在の期間、王妃の不行跡は宮廷の者――やがては庶民にも知られるようになっていました」

ルカの眉間には深い縦じわが刻まれていた。俗世のあらゆる騒然から身を遠ざけ、異郷に庵をむすんで真実のことわりに観想をめぐらす。潔癖と云えばこれほど潔癖な人物もいないだろう。醜行《しゅうこう》を口にするのも苦痛のようだ。

「北の人種がいかに健常でたくましくとも、打ち続いた災禍から立ち直るには時という薬石が必要でした。愛する者を失った悲しみを悼み、やり場のない怒りをしずめるための――。黒死病の噂はこの服喪の期間に広められました。王妃の名は黒魔道の祭壇に捧げられ、ティアの炎を煽られた人々は理と知をうしない、火のついた薪をくべさせられたのです」

ルカが落としたため息は深長だった。

「そうか」アウロラもため息を落とす。「王妃の誹謗中傷にはいろいろ事情があったようだな。云いづらいことを云わせてすまなかったな。だがそれはそれとして、冤罪は冤罪だ。民衆の心をねじ曲げ、罪のない者が陥れられるとはゆゆしき事態だ。これに黒幕がいるとしたら――やはり黒魔道師なのか？」

アウロラはまっすぐな剣のような視線を世捨て人に投げかけていた。ルカは黙して語らぬ。静かなる佇まいから是も非もうかがえない。アウロラはたたみかけた。

「それに――まじない小路には何らかの障壁が存在しているのかもしれぬが、あれだけ強力な気をもつ怪物だ、小路を出て市井の者に危害を加えないともかぎらぬではないか」

〈怪物と〈青ガメ亭〉に侵入した曲者のつながりもある。指環はまじない小路にわたし

をみちびいたのだ）

　ルカはまだ黙っていたが、つと異郷の背景から歩みいで、アウロラのそばへ来た。修行者の長い衣から手が伸ばされる。手首も五本の指もおそろしく痩せていた。その手がアウロラの胸にかざされた。

「――ルカ？」

　思わずアウロラは指環をまさぐった。かすかな熱を感じる。指環は生き返っていた。

「ルカ……」

　アウロラは深々と頭を下げて云った。

「ありがとう、世捨て人ルカ」

　母王ヨオ・イロナから贈られたニンフの指環は、王女アウロラがレンティア王家を継承する場合には御璽ともなるのだ。

　ルカはアウロラの感謝にこたえるように、目深くかぶっていたフードをずらした。おそろしく痩せた顔から年齢は推しはかれない。世を捨て長い時を過ごした仙人とも、理想家の若い修行者がそのまま時をとめたかのようにも見える。暁星のように輝く双眸、その光は穏やかで温かみを感じさせる。

「初めて逢った時のことを思い出した。逃げた青ガメが見つからず、ルアーは翳《かげ》ってくるし途方にくれかけたのだ。あなたは家に招いて香りのよいお茶を淹れてくれた」

「どういたしまして。あの時あなた様は宝物を失くした子供のようでした。あどけなく、よるべない。お菓子を差しあげねばと思いました」

アウロラは世捨て人の顔を見直し、痩せた頬に微かな笑みをみつけた。

「あなたでも冗談を云うことはあるのだな」

ルカは今度は笑わなかった。現世のあらゆる愉しみや慰みから身を遠ざけ生きるかれの、稀有の交流《コミュニケーション》だったのかもしれぬ。年若い王族に助力することは。

「あなたに力を貸してほしいことがあるのだ」

「先にお断りしておきますが、あなた様の身柄を牢獄から移す力は私にはありません」

ルカは残念そうに云った。

「その心配は無用だ。明朝護民官立ち会いの詮議があると聞いている。護民兵にロザンナさんの名前を出したので、脱獄したら〈青ガメ亭〉に迷惑をかけてしまうだろうし。なに、ルアーの光の下の法廷ならば不当な裁きはされまい。わたしはサイロンの法を信じている」

「ルアーの下であれば、あなた様の冤罪は晴らされることでしょう」

「あなたの予言だ、信じよう」アウロラはにっこりすると、「ルカに会えたら聞きたいことがあったのだ。ある娘のことで」

「娘とは――?」

「寄宿している家の女将が助けた娘さんだ。川で溺れ、言葉を失い、幼い少女の時代に心を閉ざしこんでいるようなのだ。その娘は初めて逢った時、わたしをアルビオナと呼んだ。アンテーヌの女王——選帝侯アウルス・フェロン殿が、わたしによく似ていると……大トートスの描いた肖像画そっくりだと仰ったアルビオナに。その娘も肖像画を見ているはずだ。その絵はケイロニア宰相に秘蔵されていると聞く。その娘、選帝侯か貴族と繋がりがあるのではないか」

「アウロラ……」

ルカが漏らしたため息は深長だった。

「それに、なぜかしら、わたしともゆかりがあるように思えてならぬ。あの娘が気がかりだ。出自を知らねばならぬ気がする」

「海の女王よ、人の世の過去と未来をむすぶ因果の性質はしごく堅牢にみえて、その実きわめて不安定な要素でなりたっているのです。それゆえ私が運命の相を観、未来を占う者は王族をはじめとする一握りの人間に限られるのです。市井《しせい》のはかないさだめを生きる者に、予言は過剰な荷を負わせ、その一生に多大な変革を加え、時によっては狂わせ、破滅に追い込むことすらあります」

「そうか、市井の娘は占ってはもらえぬか」

うなだれたアウロラに世捨て人はやや声音をやわらげた。

「ただし――あなた様への予言ということであればお伝えできます。この言葉はまた、かつて偉大な王に奉った助言であり諫言《かんげん》でもあったのですが」

アウロラは眉を上げた。世捨て人はいずこの王を諫《いさ》めたのだろうかと――。

「闇の中の娘におん手をさしのべられませぬよう、海の女王よ。それは王のお力をよわめ、唯一の弱点である――女神の絵をふたたび傷つけることになりましょう」

ルカの双眸はいっそう炯々《けいけい》と輝き、おごそかな韻を踏んでつづけた。

「闇のまにまに漂う者は、オルセーニの黄泉の川のうたかたのごとし。もしこれを此岸《しがん》へひき上げなば、嫉妬と絶望の双児を産み《闇の聖母》と成さしめるでしょう」

「……ルカ、胸にとどめておくが、予言の意味がわたしにはわからない」アウロラは抗議するように云った。

「闇の中の娘とはルヴィナさんのことなのか？　あの娘を助けることが、なぜ古傷にさわるのだ？」

この問いにルカは答えず、意外なことを云った。

「アウロラ、あなたはもうサイロンを出たほうがよい」

「サイロンを出ろと？　かつて宿命から逃げるなと諭したあなたが、黒魔道師や怪物が横行するから、サイロンから逃げ出せと云うのか？――たしかにサイロンは変わってしまった。嘆かわしい変化だ。街角で吟遊詩人が歌うのは一人の女人の不幸ばかり。かつてはひばりの歌声のようだったのに。歌う声、そして聞く耳にも、よこしまな魔道がかけられてしまったのか？　それだからといってサイロンをいとわしくは思わぬが……。わたしはこの国が、街の人々が好きなのだ」

アウロラの胸にこみあげるものがあった。

（この体に流れる血の半分がケイロニア人のものなのだ）

「今サイロンを出るつもりはない。それにこの都は復興の途にあるではないか。人々は営みを立て直そうとしている。ルカ――あなたこそ、この街を思うからこそ、逃げず留まって予言のなりわいを務めているのだろう？　あなたには見えるのだろう？　この国の未来が、今は暗い隧道《トンネル》の中でも、光のほうに向かっていると。そのことを人々に伝える手伝いがわたしにできるなら、助力はいとわない、やっかいとは思っていない」

「……アウロラ」

予言者は眉尻を下げこれは困ったと云いたげな表情をつくる。

「あなたのお気持ちはとてもありがたく思いますが、サイロンを覆っている翳りは尋常の方法では晴らせません。晴らせるのはただ一人――黒曜宮にいらっしゃるわが王、豹頭王グイン。わが王――豹頭王がもてる力、潜められた力とはとてつもなく巨大なもの、なおかつ数億もの微小なる判断をすみやかに正しく処理する俊敏なる能力も供えている。この力を世界変革に注ぐなら、まじないい小路程度の因果性を持つ宇宙を、千回作り上げ、また千回消去することも可能なのです。だがその王は今、深い苦悩の中におられます」

「豹頭王が苦悩している？」

アウロラは思わず聞き返した。ルカの語り口から、豹頭王が人間の域にはない、怪物にちかい存在のように感じたせいもある。

「はい。王妃シルヴィアを守り切れなかったという自責の念に囚われています」

「豹頭王は王妃の死を悲しんでいるのか？　それはつまり、王は不貞をはたらいた妃に愛情をもっていたということか？」

アウロラの問いかけに、ルカははっきり肯定を返したわけではなかった。

「なれど――ついに王の唯一の弱みは消え去ったのです。英雄バルギリウスが毒槍で突かれた肩を自らえぐりとって死地を脱したように、荒療治ではありましたが、シルヴィア妃という《シレノスの貝殻骨》は豹頭王から取り除かれました。これより王の魂も肉体も暁の光にみちびかれ、すべてがよい方向へ向かうでしょう。アウロラ、私にはケイロニアですべき務めがあると申しましたが、それこそ豹頭王に新たなる喜び――慶事を予言することなのです」

「王の慶事とは何だ？」

「もうあとわずかで、王は父親となります。妾姫黄金《ヴァルーサ》の盾殿の出産がいよいよ近づいておりますれば」

「そ、そうなのか」アウロラは目をまるくする。

「豹頭王の愛妾に子供が……それを予言しに……そうなのか」

「王もまた市井の父親と変わらぬ不安を抱えておいでです。それを取り除いてさしあげ、穏やかな気持ちで御子たちを迎えられるようはからうのが私めの務め」

「御子たち？」

「そうです、豹頭王の——御子たち。この世で最も貴く愛らしい宝物。やがては《ケイロンの至宝と宝剣》と呼ばれることになりましょう」

その予言は光に満ちて晴朗だった。

2

イリス監獄に朝を告げる銅鑼の音が響きわたる。

夕べの護民兵と牢番が地下にやって来た時、アウロラは昨夜と変わらぬ佇まいでいた。

「レンティア人アウロラ、護民官の詮議がある、出ろ」

戒めをかけ直された上で牢から出された。

雑居房の前を歩いてゆくと、またぞろ囚人たちが騒ぎ立てる。

「やって来たばっかりで、早くもお出ましかよ」

「もっとお知り合いになりたかったのに、情《つ》れねえったらないぜ」

雑居房の囚人たちは、あいかわらずだ。

「これから護民官のお取り調べだな？　拷問だ、きっと拷問にかけられるんだ。その綺麗な青い目ん玉がまともに二つ揃っているのはこれで見納めだな。皮を剝がれ手足を潰される前に、こっちの宿のもてなしを受けてもらえなかったのが残念でならねえ」

「おいらたちみんな、手ぐすね引いてお待ち申し上げていたんだぜ」

「ひひひひ」

　糸をひきそうに粘っこい笑いである。

「くずどもめ！　しんそこ腐ったろくでなしどもめ！　益体《やくたい》のないことばかり云っているうちは、ルアーの顔は拝めないからな」

　牢番はまたもや叱りつけてから、傍らの端正な横顔にもいやみを云う。

「お前にも問題がある。可愛げがないから絡まれるのだ。ああいうくずどもは心がねじけ切っていて、新入りをいじめたり怖がらせるのが楽しくてならぬのだ。つい先日だが、囚人の中に豹頭王陛下と亡くなった王妃のことを悪く云う男がいて、地下牢に移される段になると泣いて許しを乞い、それを見た囚人たちは手を叩いて大喜びした。あのライウスの半分でもお前が怖じけて見せればよかったのだ」

　アウロラはおとなしく聞いておいた。檻房のある地階から階段を上ってゆき、ルアーの光の下に青い目をしばたたかせる。護民兵がにやついた。

「やはり眠れなかったんだな。ダリウス大公の幽霊にびくついたか？　それとも取り調べがこわいか？　教えてやるがサイロンの監獄ではよほどのことがないかぎり非道は行われぬ」

「知っている」とアウロラは云った。

「ケイロニアの法の下で拷問などめったに行われない。外国人ならばなおのこと。黒曜宮が承認せぬかぎり行われないと聞く。それに——本名と出身地で呼ばれたからには、身許保証人と連絡がとれたと考えてよかろうな？」

アクアマリンのような目に射すくめられ、男は言葉に詰まっていた。

アウロラが連れていかれたのは、長い回廊と丸天井のホールの先だ。囚人たちがいる所とはまるで別の世界だった。床には絨毯が敷かれ壁には絵画が掛けられている。奢侈《しゃし》な雰囲気と相容れないのが、要所要所に立っている青と銀の制服姿、警棒を手にした護民兵である。

その部屋も扉の両側に兵士が控えていた。中は取り調べ室というより、高級な官吏の執務室のようである。

「アウロラさん！」

ロザンナだった。顔面は蒼白で、くちびるを戦慄《わなな》かせている。アウロラに縄が掛けられているのを知るとこんどは真っ赤になって叫んだ。

「なんて酷いことしやがるんだ！　護民兵はサイロンっ子の味方じゃないのかい？　こんな気だてのいい娘さんに濡れ衣を着せるなんて……」

「こいつが女？」

牢番は寝耳に水という目を長身の囚人に注ぐ。

そこにやって来たのは、やはり青と銀の制服の姿だ。年の頃は三十にはなっていない。それでいて物腰から格のちがいがにじみ出ている。

「俺が護民官のアサスだ」

事件の報せで急行してきたのだろう、乗馬用のブーツには泥はねがくっ付いている。

室の中には他に数人の護民兵がいて、そのうちの一人はまじない小路でアウロラを拘束した大柄な男だった。

「ガイゼル隊長。調書の内容と事実に食い違いがあるではないか」

アサスはまっ先に云った。

「騎士殺しの現場で拘束した者は、被害者の血にまみれていたとあるぞ」

アサスはアウロラに近寄ってきてしげしげ眺める。左腕に顔を近づけ鼻孔をひくつかせると牢番に訊いた。

「ホレス、服を取り替えさせたり、体を洗わせたりしたのか？」

「いいえ、護民官殿」

アサスはふところから書状を取り出して、くるくる解いた。

「調書には左腕が肩まで血にまみれていたとあるが、血痕どころか血の臭いもしない。どうして事実と違うことを書いたのだ？　それに身体検査をしないまま監獄に放り込むのも著しく規則をはずれている」

「護民官……」ガイゼルはしどろもどろになって、「あ、あの時は、暗闇の中で……血まみれに見えたんです。それに、ものすごい形相で、睨み返されると……検査どころじゃなくて、そ、その女……」

「調書には男とあるぞ」

　ウッと呻いて黙り込んだガイゼルに代わるように、アウロラが云った。

「アサス殿と云われたな。まじない小路には、いま、よこしまな気が満ちているようだ。その影響で、ものごとが歪められ――白が黒にも映ってしまうのかもしれん」

「白が黒に見えるだと？　それでは――まるで魔道ではないか？　だがまじない小路の魔道師は一人残らず消え去ったと豹頭王陛下が確認されているのだぞ」

「アサス護民官、逃げ去ったのは、小路の毒の気を怖れた弱小魔道師だ。結界を張って影響を防いだり隔てられる者や、影響をものともしない者はその限りでないらしい。現にわたしが昨夜遭遇したのは、闇の司祭という黒魔道師だった」

「闇の司祭だと――」

　アサスは呻くように云った。配下の護民兵もざわつき顔色を変えている。

「その魔道師が名乗ったのか？」

「他の魔道師に教えてもらった。名は伏せるが、世を捨てて、真理を探求するきわめて高潔な白魔道師だ」

「それは世捨て人ルカのことじゃないのか？　お前の話はとほうもないことばかりだが、なぜか胡散臭さを感じないな」

アサスはふしぎそうに云った。

「それでも二十人からの護民兵の目がくらまされたなど、にわかには信じられん」

「護民官、せんに起きた暴動ではもっと多くの市民が欺かれたと聞くぞ。あれもまじない小路から発したのではないのか？」

アウロラに痛い所をつかれ、護民官は腕を組んでしばらく考え込んでいたが、

「……確かに、云われる通り、騎士殺しの第一報がもたらされた時、俺は自分の部下が書いた、小路で発見された者が下手人に違いないとする意見書のほうを信じた。だが、同席されていたマローン長官閣下から云われたのだ。『疑わしきは無罪と思え』この言葉があったからこそ、事実関係を確認し直し、当人からも事情を聞き、身許保証人を召喚することにしたんだ」

「騎士殺しの下手人は、闇の司祭が操っているらしい。闇の中で遭遇したため、姿かたちはほとんど解らなかったが、すさまじい膂力の持ち主だった。素手で人体をひき裂き、長剣を叩き付けたが岩のように跳ね返されてしまった」

「それでは、まるで……怪物だ」

アサスは息を呑んだ。

「そうだ、怪物のようだった。しかもそやつは騎士殺害後、どこにも姿が見えないのだろう？　護民兵が真の下手人をとり逃してよいはずがない」

アウロラの目はアサスだけでなくガイゼルにも注がれた。護民兵の隊長は顔を赤黒くし、うわずった口調で云い返す。

「ほ、ほんとうに、おまえは騎士殺しに関与してないのか？　殺された二人とはまるっきり関わりはない、どんな恨みも諍《いさか》いもなかったと云うのだな？」

とっさにロザンナが云い返した。

「あるわけないよ。アウロラさんは外国から来てるんだ。だいたい国王の騎士と諍いを起こす人じゃない。このあたしが保証するよ」

アサスはまだ厳しい目を注いでいる。

「本当に騎士ともめ事を起こしていないのか？」

「護民官、あんた――なんでそこまでアウロラさんを疑うんだい？」

ロザンナは憤りで震えていた。

「ロザンナさん、疑うのが仕事なんです。――レンティア人アウロラ、答えるがよい」

「諍いを起こしたことはない。ただし、サイロンに入ってまじない小路を訪ね、騎士に追い払われたことはある」

「アウロラさん……」ロザンナが呻く。

「その折りは豹頭王の決めごとに従い、すぐに退去することにした」アウロラはいったん言葉を切ってから、「豹頭王の施政に信頼を置いていたからな。現にこうして公正な審議の場が設けられていることに、わたしはいたく感心している」

「……その通りだ。豹頭王陛下の改革によって旧来の法が改められ、公平を欠いた裁きや、私情をはさんだ罪科は課されなくなり、復讐や敵討ちによる悲劇も激減した。新しい法に寄り添い俺たち護民兵はサイロンの平和と民の幸福に力を尽くしている」

　アサスは疑わしげな表情から一変して誇らしげに云った。

「護民官殿、アウロラさんは正直に包み隠さず話したんだから、無実だってわかってくれたんだろ？」

「ロザンナさん、罪状は騎士殺しだけではない。立ち入り禁止の《まじない小路》に入ったことにもある」

「えーッ！　なんて石頭なんだい？　いい男だと思ったけど撤回するよ」

「それはすみませんね」アサスは苦笑しかけたが顔をひきしめ、「なぜ禁をおかした？以前も来たことがあるのなら、道に迷ったという云い抜けはできんぞ」

　アウロラを追いつめるアサスにロザンナが云った。

「うちに泥棒が入ったんだよ。これと云って何も盗られはしなかったけど、アウロラさんの子分が石をぶつけられ怪我したんだ。そいつを追っかけて行ったんだよ」

「その何も盗らなかったもの盗りが、まじない小路に逃げ込んだというのか？」

「そうだ。まじない小路に逃げこんだ、としか思われない」

「――やはり、わかって入ったのか」

引っ掛けられた、とアウロラは睨んだが、アサスの方は別の疑念にとらわれていた。

「殺された騎士以外に見つかった者はいない。下手人の他にもう一人、まじない小路が呑み込んでしまったことになるな」

「〈青ガメ亭〉に侵入した者と、騎士殺しとは同一のものではないかと疑っている」

アサスはあきれ顔になる。

「……突拍子のないことを云う。小路に入り込んだことを正当化するのなら逆効果だぞ。何か確証となるものがあるのか」

「わたしの直感だ」アウロラは指環をまさぐって云った。

「直感など証拠として取り上げられるか」

「まじない小路だと、わかっていて立ち入った非は認める。しかし、こうしている間にも怪人はサイロンの下町を徘徊しているやもしれぬ」アウロラは真顔で云いつのる。

「病気療養中の娘さんがいるのだ。今は〈青ガメ亭〉から動かせない。彼女の身が心配だ。アサス殿には市民を守る務めがあろう。護民兵を夜警に立ててほしい」

「なんだと？」

アサスは驚いて訊き直す。容疑のかかった者が護民官に要請してくるなど前代未聞だ。相手の顔をまじまじと見直す。

「アウロラ、殊勝になったのはよかったが、騎士殺しとタリス通りのこそ泥が同一というのはどうにも解せない。それに下町の通りを護民兵に巡回させたら民衆に不審をいだかれるだろうし、怪物出没の噂が立てばいらぬ騒ぎになるかもしれない」

暴動に手を焼かされ、風評という形のなきものにアサスは過敏になっていた。

「護民官、時に真実とは苦かったり痛かったりするものだぞ」

アウロラは苛立ちを隠さず云った。

「サイロンの治安への不満をこうも堂々と口にするとは、気後れがないというかなんと云うか……」

アウロラを相手にするうち、世間に出たばかりの貴族の若様のようだとアサスは感じだしていた。着任した頃のマローンがこうだった。いやマローンのほうがずっと人当たりが柔らかいと思いなおして、ため息をつく。

(女らしさやたおやかさというものを欠いている。男に間違えられた原因はそれだろう。顔立ちは整っているのにサリアは残念な仕事をしたものだ)

「護民官さま、アウロラさんの言葉づかいが変わっているのは外国人だからで、根はいい人なんです。悪気があっていってるんじゃない。誤解しないでやって下さい。どうか無罪放免にして下さい。お願いですよぉ……」

　ロザンナは哀れっぽい調子で訴えた。

「女将さん……」とアウロラ。

「アウロラさんは外国の人なんだし、ややこしいことを知らなかったんだよ」

　アサスは厳めしい表情になって云った。

「外国人が豹頭王陛下の定める法を破ったという意味は重い。陛下に敵意を持つ者か、あるいはケイロニアの機密を探りだそうとする密偵の疑いも出てくる」

「こんなに云ってるのにまだアウロラさんを疑うのかい？　この人にはどこも恥ずかしいところはないよ。護民官、あんたの目は節穴かい？　とうへんぼくの分からず屋！」

　ロザンナは語気荒く云った。

「落ち着いて下さい、女将さん。護民官の話には続きがあるようです」

「これでもまだ動じないとはたいしたタマだな。いやいや、俺まで釣られてはならん」

アサスは苦々しくつぶやいて、「このような場合釈放の条件として、早急にケイロニアから出国してもらうことになるが？」

　アウロラは険しい――激しい目をアサスに向けた。

「嫌だ。国外退去などできぬ」

「ならばひき続きイリス監獄に留まってもらおう。密偵の取り調べと裁判には時間がかかかるぞ。仲間がいるなら、その者たちも勾留する」

「それも今は困る」

「困ると云われても、これはサイロンの規則だ。おまえを自由にして、またやっかいごとの火種になったら、護民官の俺とマローン長官閣下は豹頭王陛下に面目が立たなくなる。早々に出国するか、禁錮処分になるかどちらかを選ぶのだな」

「なんて横暴なんだ。アウロラさんは密偵なんかじゃないのに。ヤーンに誓って！」

「ヤーンに誓ってもらっても、こればかりはどうにもできん」

お気の毒と云いたげなアサスに、アウロラは落ち着き払って云った。

「護民官、では、わたしがケイロニアに害などなさぬ一介の旅行者だと保証する人物がケイロニアに居ればよいわけか？」

「外国から物見遊山で来た者に、ケイロニアの人間は保証人になどならぬ。それに密偵の嫌疑がかかった人間を釈放できるのは、ケイロニアの宮廷で要職についている者か、そうだな——国王陛下その人にも意見ができるような大貴族だけだ」

「すみませんが女将さん、いったん〈青ガメ亭〉に戻って、タニス先生から、わたしの旅行手形を貰ってきていただけますか？」

「それなら、タニス先生から持たされて来てるよ。これだろ？」

ロザンナはふところから油布に包まれたものを取り出した。

「それを護民官に見てもらって下さい」

「あいよ」

「外国発行の旅行手形では保証にならないぞ」

「護民官、その手形は船が難破し漂着したギーラ港で特別に再発行して貰ったものなのだ」

「どれだけ特別か知らないが、ケイロニアの制度に例外などはない」

アサスは云いきると、布をひらいて中を検《あらた》める。上質な羊皮紙で出来た手形には、旅人の氏名と出身地と生まれ年と月、そして発行した者の名が記されていた。

「こ、これは……」

アサスがうめくのも無理はない。

アウロラの手形を発行したのは、アンテーヌ侯アウルス・フェロン。ケイロニアにおいてアキレウス大帝に次ぐ実力者である。選帝侯その人の署名があり、おなじ筆跡で「ノルンの海の白鯨にかけて、旅人の赴く所すべての自由と権利は守られるであろう」と認められ、珍しい鯨《ガトゥー》の印章が捺されていた。

「護民官、アウルス殿は、いつなりとわたしの保証人になると仰ってくれている。アンテーヌはサイロンから遠いが、黒曜宮にはアンテーヌ出身の貴族や武官が詰めていよう。筆跡の鑑定にさほど時間は要すまい？」

「鑑定の必要はありません。この印章には見覚えがあります。この独特な意匠……偽造は難しいでしょう。アウロラ・イラナ殿、昨夜はむさ苦しい場所で過ごさせてしまいまして誠に申し訳なく思います」

アサスは丁重に頭を下げて云った。

「わたしにも非はある。今後は禁じられた場所に踏み込まぬよう十分に注意する」

「そう云って頂くと、恐悦至極に存じます。ラム、アウロラ殿に剣と剣帯をお返ししろ。大至急だ！」

少年のように若い兵士がすっ飛んでいく。

急な展開にロザンナはぼうっとしていたが、「護民官さま、これでアウロラさんを帰らせてもらえるんだね」

「ええ。ロザンナさんには、ご足労かけましたね」

手のひらを返したような態度である。ロザンナは（さっきはカッカしてたんで、護民兵には金輪際パンを卸してやるもんかと思ったんだよ）小声でアウロラに云う。

「女将さん、いろいろすみませんでした。――ところで、あれから〈青ガメ亭〉に特に変わったことはなかったですか？」

「うちにはなかったよ。ユトさんの怪我は、タニスさんが診て心配ないって。けどルヴィナさんが……急にぐったりして、寝込んじまった。熱を出して寝床でうんうんいってる」

「それは心配ですね」

アウロラは眉を曇らせる。

「タニスさんがつきっきりでいるよ。けど——一番心配されてたのはアウロラさんあんただよ。早く帰ってみんなを安心させとくれ。ルヴィナさんもあんたが顔を見せたら元気を取り戻すさ」

「そうだったらいいのですが」

ラムと呼ばれた護民兵がアウロラに剣と剣帯を返しに来た。「どうぞお受け取り下さい」仕草がたいへんうやうやしい。

アウロラは慣れた手つきで剣帯を腰に巻きつける。アサスの視線が注がれているのに気づき、「護民官、騎士殺しの逮捕が第一だが、タニス通りの見回りのほうもよろしく頼む。再び〈青ガメ亭〉が狙われることがないようにしてくれ」

そうして愛剣を鞘に落とし込む。鋼の響きに護民官は我にかえったように、ノルン海の青さと冷徹を湛えた目に答えた。

「その点はお約束します」

アウロラとロザンナが、女神の彫刻がある正門を出ていきしばらくしてから。

アサスは執務室のひじかけ椅子に腰をおろし、ブーツの紐をゆるめていた。そこにお茶が運ばれてくる。

「気が利くな、ラム」

「だいぶお疲れのごようすなので」

「……ああ、疲れた。あの男女には、化け物ねずみと同じぐらい手こずらされたよ」

「男女はひどいですよ。すごい美人だったじゃありませんか？」

「そうか？　しかも体つきはクムの女剣闘士並、左腕で軽々と長剣を扱っていた」

「沿海州の女剣士でしょうか？　しかも身分が高い」

「しかし、アンテーヌ侯の縁者がレンティアにいるとは思わなかった」

「病気の娘がいるとか云ってましたね。本当に〈青ガメ亭〉の見回りをするんですか？」

「パン屋に盗みに入るのは浮浪者か何かに決まっている。騎士殺しとはまるで関連がない。ただし下町の夜警の強化はマローン閣下と話していた矢先だった。さっそく風が丘に伝書のハヤブサを飛ばし裁決を仰ぐことにする。それに――十二選帝侯ゆかりの娘に恩を売っておいて損はないだろう」

アサスの内には出世への欲があった。

そんな会話が交わされていたところへ、だった。

「護民官、たいへんなことになりました！」

さっきの牢番のホレスが血相を変えて飛び込んで来た。

「地下の独房から囚人が逃げました」

「なんだと！」

アサスは叫んで、茶碗を叩き付けるように置いた。

「いったい、どいつが？」

「ロ入れ屋のライウスです。食事を持っていったところ――扉が破られており、中はもぬけのからで……脱獄されたとしか……」

「……ばかな。地下牢の扉が簡単に破られるはずなかろう？」

「扉の錠前部分がえぐり取られていました」

「その物音に気付けなかったのか？」

「囚人は昨夜も一晩中、国王陛下とお妃様の誹謗中傷を云い散らしており、聞くに堪えないので、食事の上げ下げにしか地下には降りません。それにあんな頑丈な扉を口入れ屋ごときが破れるとは思えませんし」

「はずがないと云っても、破られたのだろう？　いやまだ、脱獄と決まったわけではない。イリス監獄の塀を越せるはずがないのだ。まだ中にいるはずだ、探せ、しらみつぶしに探し出せ！　絶対に逃すな！」

アサスは口から泡を飛ばして怒鳴った。

「は、はい。護民官」

(脱獄などされた日には、たいへんな失態だ。黒曜宮に面目が立たなくなる)

若々しい顔を引き攣らせている。

「護民兵を総動員しろ。俺が指揮をとる。なんとしても探しだせ！」

ブーツの紐もろくに締めず部屋から飛び出してゆく。この時アサスの頭からアウロラの頼みも〈青ガメ亭〉の曲者のことも完全に消え去っていた。

3

（こりゃ、近くに寄ると後光がさして見える。真昼のイリスみたいだなあ）

トールは心中こっそりつぶやいた。

星稜宮の中庭である。

庭は黒曜宮に比べたら小ぢんまりしているが、庭木はどれもよく手入れされ、ハナツメクサのじゅうたんの上に子供用のブランコが作り付けられている。

トールの目をほそめさせるのは、愛娘をブランコで遊ばせている一人の貴婦人だった。銀色にちかい豊かな金髪とすばらしく均整のとれた体つき、凛とした美貌は、ケイロニア理想の女神と云って異議をさしはさむ者はいないだろう。

「オクタヴィア殿下、豹頭王陛下の命により参りました護王将軍トールです。ただ今これより星稜宮《スターランドパレス》の警護の指揮をとらせて頂きます。お騒がせすることもあろうかと思いますが、しばらくの間は辛抱して下さい」

トールは膝をついて、着任を言上した。

た。


「トール将軍、お務めご苦労さま」

オクタヴィアの目は暗く声音は沈んでいた。黒曜宮一の美女から憂いのまなざしを注がれ、トールはまたこっそりつぶやくのだった。

（ここは俺なんかでなく、豹頭王御大に来てほしいところだからなあ）

トールは立ち上がって云った。

「気になることやお悩みのことがおありでしたら仰って下さい。わたくしでよければ何でも相談に乗りますよ」

トールが国王騎士団三千を率いて光が丘の星稜宮に赴いたのは、むろん闘病中のアキレウス大帝とオクタヴィア皇女、そして女帝となる可能性の出てきた幼いマリニア皇女の身柄を見えざる影から守るためである。本来なら皇帝家の人間を守るのは金犬騎士団の役目だが、金犬将軍ゼノンは勇猛果敢並ぶ者なしとはいえ若く純朴な性格の持ち主だ。豹頭王から「オクタヴィア殿下は深い心労を抱えておられる。労ってさしあげてほしい」と命じられたトールは、傭兵生活が長く世情にも通じている自分が派遣されたからには、父親は重態、夫とは離別中の皇女を気づかうことも重要な任務になるだろうと察しをつけていた。

もっともトールもケイロニアの武将である。婦女子の扱いには慣れていない。それでも誠意を尽くしてやって出来ないことはないと前向きに考えていた。

（気の利いた、面白いことを云って笑わせるのは無理だけどな。それにしても――オクタヴィア様はおきれいなだけじゃなく、こんな時でも態度を崩さない。立派だなあ）

大帝の昏睡状態が続き、異母妹で世継ぎのシルヴィアが事故死と見なされている今、おろおろした所を見せたり、ふさぎ込んでいても責められはしないのに、幼い娘をしっかりと守り育て、日に何度かこうして遊んでやっている。

（こんなに美人じゃなかったが、おっ母さんがこうだった。無類のしっかり者で、がきの俺をいつもどこかから見守ってた）

わん、という鳴き声にトールはもの思いを断たれる。

植え込みをがさがさ云わせ、黒と茶色の毛のかたまりがのそりと現れた。

「こ、こいつは？」

さすがに剣を抜きはしなかったが、アトキア生まれの将軍に目を剥かせるほどでかぶつだった。

「タルーアンの犬でベルデランド侯からの贈り物なのよ。大きいけれどとても大人しくて賢い」

大きな犬はブランコに乗ったマリニアの前に前足をそろえて座り込んだ。マリニアはにこにこして、まるで怖がっていなかった。犬の目は優しく、幼い姫君を見守るかのようだ。

「ローデス侯が、ベルデランド侯のユリアス殿に頼んで、マリニアに贈って下さるようはからって下さったの。この犬は訓練することで人を補助したり危険からも守ってくれるそうよ」

「はあ、驚かされたな。そんな騎士みたいな犬がいるとは存じ上げませんでした」

「私も始めは驚かされたけど、ローデス侯のお話しでは、ローデスのお城で飼っている銀星号というタルーアン犬はローデス侯の杖の替わりを務めているそうよ」

「犬というと、先代のアトキア侯が可愛がっていたクム犬を思い出しますが、あれは愛玩用なので、人を導くなんて想像もできません」

「人に得手不得手があるように、犬にも向き不向きはあるのね」

煙るような目を向けられトールはどきりとする。柄にもなく赤くなったトールにオクタヴィアはたたみかけて云った。

「そうね、人間には出来ること、うまく出来ないことがある。でも、人間は変わることができる。グイン陛下から聞いたことがあるのかもしれないけれど、昔の私は男装し腰に剣を吊って、心を凍らせて生きていたわ」

「え、ええっ…」

突然のこの打ち明け話にトールは目を白黒させた。オクタヴィア皇女がダリウス大公の皇位簒奪の陰謀に騙されて加担させられていたことは知っていたが男装の剣士というのは初耳だ。トーラスでグインに保護された時は、モンゴールの下町の女になりきっていたのだから。

「そんな凍てついた不器用な生き方を変えられたのは、少しずつ心を変えていったからだと思っている。〈煙とパイプ亭〉のオリーおばさんに料理を習ったり、マリニアを授かったことで気持ちがずいぶん変わった。トーラスから黒曜宮に来た時も大きな変化があったけどその時も一番変わったのは自分の心だと思っているわ。ケイロニアの宮殿で暮らせるとは思っていなかったから。でもお父さまや、グインや、トール将軍や宮殿のみんなに迎えられ、私とマリニアは生きる場所を見いだせた。……自分を変えたくなかったあの人は去っていってしまったけれど」

オクタヴィアの美貌に影をもたらすのはササイドン伯マリウスだ。トールも知っている。

「トール将軍、私はもう一度変わろうと思うの。マリニアを守るために。今までとうてい出来ないと思っていたことでもやらなければならない、そう決意したわ」

トールはオクタヴィアの情ごわさを思い知った。かつて剣士イリスが宿していただろう鋼の意思をも——。彼女が何度も生き方を変えられたのは、その鋼が矯め直しのきく強靭さをもっていたからだ、と感じた。

「今日ハゾス宰相から親書を受け取ったわ。選帝侯会議が始まるのだという。お父さまが危篤に陥った時、私からローデス侯にお願いして、至急選帝侯会議で皇位継承者の見直しをしてほしいとグインと黒曜宮に伝えてもらったの。どうしてもマリニアを女帝に即位させたくなかったから」

「どうしてそこまでご息女の即位に反対なんです？」トールが一番知りたいことであった。

「私は何度も変わったわ、私は変われたけど——その度つらい思いもしたわ。愛する人とはそれが原因で別れることになった。でもそれを幼いマリニアに強いるのはかわいそうだし、無理よ。母親の盲愛と云われてもかまわないわ。この子に私が味わったつらさを味わわせたくはない」

そうしてオクタヴィアはブランコに近づき幼い娘の小さな背中に手を添える。いきなり抱きしめられマリニアはふしぎそうな顔を美しい母に向ける。

オクタヴィアはさらにトールを驚かせる話をした。

「ハゾス宰相はグインをケイロニア皇帝に押し上げるため、事前工作として信任票あつめを始めているわ。まっ先に同調したのは私。いいえ背中を押す親書を書いたわ。マリニアが女帝になるようなことになったら、この子はきっと不幸になる。耳の不自由なこの子に女帝の務めは難しいと思うし、まず婿探しで大きな波瀾が起きる。マリニアを一人の娘として見つめるさきに、ケイロニアという巨大な権威に求婚者は目を眩まされてしまう。不幸は目に見えている。シルヴィアはそうして不幸になったんじゃない？　考えてもみて、ランドックのグインという最高の男性と結ばれてさえ不幸になったのよ。マリニアに同じ道を辿らせるわけにはいかないわ」

オクタヴィアは瞳を潤ませていた。激情からだとトールにはわかった。グインが皇帝に就く話が出ていることより、むしろ彼女の心映えに瞠目させられた。真昼のイリスであるどころかオクタヴィアの本質はルアーの炎だ。

異母妹を引き合いに出したせいか俯いて、「私はシルヴィアの悲劇を止められなかった。あの子に何もしてあげられなかった。姉としてこの先ずっと悔むわ……」

「シルヴィア殿下について臣下の身でこう云うのも僭越ですが、あれはもうヤーンのおぼしめしとしか云えないと思いますよ」

「ヤーンの……そうかもしれないわね。あの子はそのようにヤーンにしむけられたのでしょう。けっして自ら選んでそうなったわけじゃないわね」

この時代の女は――オクタヴィア自身も含め、生き方を選ぶことなど出来なかったから、そう云ってもふしぎはなかった。

「トール将軍、あなたと話していたらずいぶん胸がすっとしたわ。ありがとう、さすがグインが頼りにする副官だけのことはあるわ」

「や、皇女殿下！」

トールは直立不動の姿勢になった。

「そう云ってもらうと光栄ですが……背中に汗をかいちまいます」

つい傭兵時代の言葉づかいが出てしまった。

ふふっとオクタヴィアは笑みをこぼした。その微笑は《ルアーのバラ》が開花したかのよう。武人の男は目をみはる。

「トール将軍、改めて私たち一家とマリニアのことを頼みます。でももし何かあったら、私も剣をとって戦えることを覚えておいて頂戴。あなた方騎士の足手まといにはならないと思うわ」

「お言葉は心づよい限りですが、皇女殿下が剣を取らねばならなくなったら、それはかなりやばい事態ですよ。やはり俺たちの後ろに居て守られてくれないと」

このせりふはバラのようなくちびるをもう一度ほころばせた。

＊　＊　＊

舞台は凮が丘の黒曜宮に移る。

時刻はイリスの四点鐘が鳴らされたばかり。深夜である。

豹頭王の寝室の前であった。

重厚なカシの扉には獅子の頭を意匠した叩き金が付いている。夜回りの係の小姓のシンはそれを叩くかどうかで迷っていた。

たしかに今、聞こえたのだ。(……シルヴィア)と。聞き違えようもない主君の声で。

(まさか……)

シンは、シルヴィアの事故の直後に、豹頭王が嵐の庭に出て荒れ狂っていたことを後輩の小姓に聞かされてから、何ごとにも完璧だと思っていた主君が、ただ一つの弱みである《シレノスの貝殻骨》を損なって超人的な力を失い、人間並みに堕してしまうことを心中ひそかに怖れていた。

ついに怖れが的中してしまったのか？　真夜中の寝室で王は魘《うな》されているのだろうか？　死んだ王妃が夢魔となって王の健やかな眠りを妨げているのか？

さまざまな疑惑が役目に忠実な小姓をいてもたってもいられなくした。シンは衝き動かされたように、金色の獅子がくわえた輪をとって扉を叩いた。

「陛下、夜分失礼いたします。ご不快はありませんか？　水差しの水をお取り替えしましょうか？」

かすかな応えがあって小姓は入室した。

書斎を兼ねた寝室は広すぎず簡素である。寝台にもごてごてした飾りはないが、一般のものとは比べものにならない頑丈なつくりになっている。その寝台の前に豹頭王は部屋着姿で立っていた。

「――陛下？」

いつに変わらぬ姿にほっとしたのも束の間、豹の口からひくい唸りが漏れてどきりとさせられる。

寝言を云っている最中に声をかけると眠りの神《ヒプノス》の祟りがある。幼い頃祖母に云い聞かされたことが、カッとみひらかれた黄色い瞳を前にして、不意によみがえってきた。

手負いの野獣の目とはこういうものか？　狩猟の経験がなく実際を知らないが、豹の目が放つ炎のひらめきに晒されるうち、めくるめくあやしい思いが胸中にひろがる。するどい牙をむきだし、赤い炎の舌をのぞかせ、絹の衣からたくましい腕が伸びてきた。鉄の鉤のような指が少年の薄い肩にふれた刹那――あやしい思いはあとかたもなく消えた。まさしくヒプノスの悪ふざけだったように。

「――シン、どうしたと云うのだ？　ようすがおかしい」

大きな温かい手に揺すぶられ、穏やかな声に問われ、シンははっとわれに返った。主君の黄色い宝石のような瞳が目の前にある。

「も、申し訳ございません。陛下のお具合が気になってしまって、つい……こんな夜遅くにお騒がせいたしました」

「俺の具合とは？」

「魘《うな》されてらっしゃるのではないかと。亡くなったお妃様のお名をお呼びになられたように聞こえたもので……」

蚊の鳴くような声で云ってさらにうつむく。

「そうか」グインは小さくうなずき、「夢など見ておらぬ、具合もわるくはない。お前こそ顔色がわるい。具合がよくない時に夜番は堪《こた》えるだろう、宿直を交代するがよい」

「いえ、これは……虫歯が痛むので、たいしたことではありません」

シンは片方の頬をさすって嘘をついた。

「ロイ……そうです、ロイが故郷から送ってきたカリンカの砂糖漬けを分けてくれ、つい食べ過ぎてしまったんです」

王はかすかに笑んだ。

「……陛下」

シンは王のそばにいるうち、さいぜん感じた不安やあやしい思いもすべて夢魔のしわざだったように思えてきた。比類なくたくましい、神話から抜け出してきたような異形の王。ひとつの部屋で同じ空気を吸うだけで、たぐいない生命力が分ち与えられ、不安は消え去り心が健やかになる感覚をシンは覚えていた。

（なぜ陛下の力が失われてしまうと考えたのだろう？）さいぜんの自分の心がわからない。

一礼して退出しようとしたシンは、ふと書き物机と寝台脇の小卓に山と積まれた報告書や陳情書に目を留めた。

王はいつ休息をとっているか、側仕えにも見当がつかないほど、多方面に渡る務めを一人で何人分も引き受けていた。復興中のケイロニアの施政はたいへん骨の折れるものだった。

王妃の黒い噂と痛ましい事故は悪い時期にひろまったとは云える。サイロンの人々は疑心にとらわれ、皇帝家への信頼や、豹頭王への人気にもこの先差し障りが出るかもしれない。

黒死病で家族を失くした者から、日に何百もの「声」が黒曜宮に――豹頭王に寄せられるようになった。「黒死病の下手人が王妃だという噂の真偽を明らかにしてほしい」というものが大半であったが、中には「豹頭王様、どうかうちの子を返して下さい」といった条理を見失った訴えも混じっていた。文官は困り果てたが、これに豹頭王は「毅然たる態度を崩すことなく対応すること」と、「噂はシルヴィア王妃を陥れようとする、おそろしい誹謗中傷であると回答すること」を徹底させた。

つい先日も――

エリンゼンという者が、「黒死病で一人娘のマリーゼを奪われた、娘の命の代償として一千ランを請求するものなり」という訴状を正式にしたためて豹頭王に送りつけてきた。

　エリンゼンはサイロン一の絹織物商人で富豪だが、この常規を外れた訴えは、黒曜宮に詰める者――重臣や近侍たち、シンら小姓――から大ひんしゅくを買った。

　宰相ハゾスからこの訴状を受け取った王は、目を通すと直ちにエリンゼンに会うと云いだした。

　エリンゼンは始めはおどおどしていたが、王が配慮して用意したあまり仰々しくない小広間の席に腰をおちつけるや否や、堰《せき》を切ったように話しだした。途中から涙にかきくれとりとめなくなったが、王の耳は細大もらさず聞き取った。訴えの中心には黒死病で亡くした十歳の娘がいた。愛娘マリーゼを奪われた悲しみと怒りが、言葉に、両眼に、時々宙に振り上げられる拳にみなぎっていた。

　ルアーは中天から西に傾き、小姓によって燭台が灯された。それほどに長い時間を、公務に忙殺される王は、サイロンの一商人に割いたのだった。

　ついにエリンゼンの目から憤怒の色が褪《あ》せ、おもてを濡らした涙が乾きはじめた。

　エリンゼンの語る言葉と流す涙が尽き果てた時、王はしずかな厳粛な口調でマリーゼの死を悼み、父親であるエリンゼンの悲歎を慮り、失われたすべての民の無念を憂えた。

　その上で決然と主張した、シルヴィアの無罪を。

「シルヴィアが黒死病に関わっておらぬという証拠は収集しているところだが、妃がそのように恐ろしい女でないことは俺が誰よりもよく解っている。無罪の確証はかならずや得られるだろう。ケイロニアの民一人一人の命が肉親にとってかけがえなく大事であったように、皇帝家の世継ぎの姫である以上に俺にとって唯一無二の妻であった、シルヴィアを陥れようとした黒幕の追及に国家の威信を賭けている。真の下手人を捕らまえ、マリーゼ嬢はじめ貴き幾多の命を奪った罪を必ず償わせる、約束する」

　エリンゼンは魂のぬけたような目をしばらく豹頭にそそいでいたが、ややあってため息をもらし両手をさしのべ、巨きな戦士のたなごころに受けとめられた。商人は何度か目を瞬かせ最後の滴を落とした。

「豹頭王陛下を信じます。黒死病の真犯人が断罪され、シルヴィア妃殿下の無実が証明される日が遠からんことを、私も祈っております。ヤーンに、ヤヌスにも――」

　十二神へ祈りを捧げると、謙譲の礼を尽くして訴えを取り下げ、最後に、

「豹頭王陛下、いつの時もご健勝であらせられませ。サイロンをお見守り下さいませ」

　王の足先にくちづけせんばかりに深く頭を垂れた。

　この長い《示談》の一幕は、その場にいた者たちの目に、グイン王が魔道をもちいて、エリンゼンの心を翻らせたかのように映された。

　陳情書の山はシンにそのことを思い出させたのだ。

「エリンゼンという商人は愚かだと思いました。陛下にあんな訴えを起こすなんて心得

違いもいいところです。それにケイロニアの男が人前で泣くなんて……ぶざまで恥ずべきことです」

　これに王は諭すように云った。

「そのように云うものでない。あの者には情状があり、訴えには義があった。王たる者、耳を傾けねばならぬと思った」

「陛下はお優しすぎます！　エリンゼンなんかに同情されるなんて……」

「ちがうぞ、シン。俺はエリンゼンに同情したのではない。きわめて親しい者を失くす悲しみがどれほど深く感じいったのだ」

　この言葉の響きと目の光こそ特別で深かった。シンははっとした。

（グイン陛下はお妃を失ったことに苦しまれていた。……嵐の庭であったことは夢ではなかった。あの時エリンゼンを翻意させたのは、陛下が魔道をつかったのではなく、陛下も同じ痛みを味わったから、娘を失った手負いの心を宥めるすべをご存知だったからではないか？）

（陛下は超人ではない。人間なのだ。人間の心の痛みも弱さをすら、そのお心にしっかり刻んでいらっしゃる。そうして今この時もケイロニアを支え、傷だらけのサイロンを立て直そうと力を尽くして下さっている）

　シンの目に豹頭王は神その人より神々しくうつった。どんな時も民を見捨てず、光ある方へ導いてくれると信じられた。

「——陛下のおっしゃる通りです。愚かとか恥ずべきだなんて……ぜんぶ失言でした」

はずかしげにうつむいたシンの肩にグインの手が置かれる。その温かで強い力の一端はシルヴィア妃への悪感情さえおだやかに溶かしてゆく。

（陛下が愛した女性が悪いものであるはずがなかった。売国妃だの《シレノスの貝殻骨》だのと、ぼくは心得ちがいをしていた）

「陛下、今夜はほんとうに申し訳ありませんでした。空耳などでお寝みのところを妨げてしまいまして」シンは心から謝罪した。

「ですが、時刻はまことに遅うございます。どうかもうお着替えあそばして、寝台ではご政務のことをお忘れくださいますよう」

「そうだな、まつりごとの夢なら魘されてもふしぎはない。国それじたいに滋養を回し活気づける方策は厄介で、復興の停滞は手ごわい敵だ」王は吼えるように笑った。

「そんな強い敵を向こうに回して一歩もひかない方は陛下だけです。こんなに難しい政局の舵をとられる方は……。ぼくは陛下のつむりはヤーンより優れていると思います」

「そう云ってくれると豹頭の絞りがいもあると云うものだ。絞っているのがヤーンかもしれぬが」

「ならば、ヤーンはとてもひどい神です……あ、これも失言でした。取り消します」

王はもう一度太い笑いを響かせた。

「そうだな。お前に云われた通り、今夜はこれで切り上げることにしよう。お前も寝《やす》むとよいぞ」

小姓が退出し少ししてから、寝室の奥から囁きほどちいさな声がした。

（……よい若者ですね）

（……そうだな）グインも囁き声で答える。

（生まじめでまっすぐだ。その一番よいところは、そ
れが誤りだと解れば、道をひきかえすことが出来る。地獄耳だけが玉にきずだ。密談を聞きつけられるとは思わなかった）

（それになかなか弁が立ちます。ユーモアの感覚もありました）別の一人が褒めた。

（わが王を慕っております。感心な少年だ）

（……シルヴィアの件にもどろう）

（……はい。陛下のお言葉の通り、闇が丘と狼が丘の地下水脈の果ては、盆地であるサイロン市街に続いておりました）

（……やはりな。公国の昔に書かれた古文書に《ケイロンの竜の口》を開くことで、日照りに見舞われた際に公国の民を救うとあった。あの仕掛けは人を滅ぼすのではなく、生かすために作られていたのだ）

（古地図になかった――新しくつけられた地下道こそ、パリスが闇が丘からシルヴィア皇女殿下を逃がすためにトルクに掘らせたものと考えられます）

（地形から調べましたからほぼ間違いありません）

（地下水が流れ込む可能性のあるすべての川、水の溜まりからシルヴィア殿下らしき水死体は発見されておりません）

（闇が丘の地下に水が達する前に、パリスがシルヴィア殿下を奪って逃げた可能性はじゅうぶん考えられる）

（御意）

（パリスが皇女殿下を守りおおせたことを、今はヤーンに祈るしかありませんが）

（力が及ばず申し訳ありません。魔道師なら星宿から割り出して探しあてるところでしょうが）

（云ってもせんないことだ、カリス）

かすかな嘆息が落ちて、しばらく後――

（お前たちに伝えねばならぬことがある）

（はっ）

（シルヴィア殿下の捜索は、今後水面下で行ってもらうことになるだろう）

（なぜでございますか？）

（来る選帝侯会議において、シルヴィア殿下を生死不明のまま皇位継承者から外す議案がハゾスから出される）

（ええっ……！）

影のような騎士たちの間に動揺がはしった。

夜番の小姓が二段寝台の下段の毛布の間にもぐり込み、隠密騎士たちも秘密の通路から主君の許を辞してゆき、不夜の大宮殿がしばし眠りの神《ヒプノス》にその玉座を明けわたす深更――。

4

常夜の灯をふき消した闇の中で、豹頭異形の王はまんじりともしていない。

ハゾスがシルヴィアの実質的な廃嫡《はいちゃく》に向けて動きだしたのには、選帝侯会議で「マリニア皇女に代わる新たな皇位継承者」を指名する思惑が深くからんでいる。グイン本人にも、遠回しにもって回ってはいたが、次の選帝侯会議にはケイロニア王にも出席して貰いたい。継承問題の解決に力添えがぜひほしいと云ってきていた。

「ハゾス宰相は次期ケイロニア皇帝にグイン王を推薦する腹づもりらしい」

宮廷ですでに持ち切りになっていることが、寝入りばなのヒプノスを追っ払ったとしてもふしぎはないが、今はまだハゾスという施政者の企み《ビジョン》にすぎない。

グインの荷重《におも》となっているのは、星稜宮のオクタヴィアと、ある意味オクタヴィアより情ごわいローデス侯ロベルトだった。ロベルトは毎夜のように――深夜を避ける節度はあったが――私室まで訪ねてきて、星稜宮にアキレウス帝を見舞ってほしいと訴えてきていた。

アキレウス大帝には、ケイロニア一の名医で侍医のカストール博士と宮廷医師団がついて夜も昼もなく治療にあたっているが、昏睡から醒める兆しはみられない。かと云えグインは大帝の回復を諦めているわけでも、大帝の病床でオクタヴィアから大帝の後継者となる約定をとられることを予想し避けているのでもなかった。

(ご息女を奇禍に遭わせてしまった責任はすべて俺にある。シルヴィア殿下の生存に望みがある限り、姫君の御身柄を見つけだし保護するまでは、大帝陛下の前にまかり越せようか)

ひとえに思い込んでいたのだ。

とその時、何かが飛んできて鼻面にぺしゃりと張りついた。手で払いのけようとしたところ、糸くずがからまったような感触のそれは手のひらの熱ですーっと溶けさった。

グインは鼻にしわを寄せる。

そのはかない感触に思い出させられたものがあった。――エンゼル・ヘアー。ノスフェラスを栖《すみか》とするふしぎな生物だ。

ふわふわと砂漠を漂い、時に密生し大群落を形成する。無害ではあるが、空一面にたなびく青白い幽鬼じみたエンゼル・ヘアーは、勇猛なモンゴール兵をさえぶきみがらせた。ノスフェラスでは死んだ人間の魂と信じられていたのだ。

グインは闇に目を凝らした。エンゼル・ヘアーのように溶けきらず、糸くずの残滓は指に絡み付いている。糸ではなかった。長くて細い——茶色がかった金髪であった。

「シルヴィア……！」

云うなりグインは荒々しく立ち上がった。

すでに豹の鼻は空気の流れのうちに、あやしい腐敗臭を嗅ぎとっていた。さらにその上シルヴィアと思しき毛髪をわざわざ送り付けてくる悪辣な手口に思い当たらぬはずがなかった。

（やはり、あやつの仕業か？）

トパーズ色の目が闇の中で炎を吐いた。


グインが鋭い嗅覚にたよって辿っていったのは、王の居室がある主宮から直接に繋がれた長い回廊であった。マルリアの廊下の先には、小宮が三日月《イリス》の光に白亜の肌をさらしている。そこに足を向けるのはケイロニアに帰還して二度目だった。パロ内乱終結時に奇禍に巻き込まれ、長期に渡って帰国がかなわなくなり、出陣して一年もたってから、この宮殿でシルヴィアと再会したのだった。

シルヴィアが闇の館に幽閉され、王妃付きの女官が全員東の塔送りとなってから、入り口の扉を守る者もなく、広大な黒曜宮の中でゆいいつ無人の区画となっている。

グインが王妃宮をことさら不浄にあやしく感じるのは、帰還後にシルヴィアと対面した時の記憶が尾をひいているからもある。それほどにすさまじく荒んだシルヴィアのありさまだった……。

弱い月の光だけでも豹の目には充分だった。瀟洒な天井画や凝った彫刻はそのままだが、人っ子一人居なくなった広間は、その広さゆえいっそう廃れた物悲しい空気を漂わせる。壁には絵画が外された四角い跡が残っており、床には埃が厚く積もっていた。

グインは中をずんずん進んでいった。ホールを横切り奥まった廊下を曲がり、ぶあつい暗紅色のびろうどが垂らされた扉の前へ来て鼻にしわを寄せた。いやな――ひどく厭《いと》わしい気分がよみがえってきたのだ。

そこで、まるで待っていたような――

（ふふふっ）

おかしくてたまらないという、女の声が扉の向こうから響いてきた。

少女めいた声音はシルヴィアによく似ていた。グインの巨軀は釣りこまれるように、かつてその奥にあった魔窟――自ら汚辱まみれの生活を選んだ妻の部屋――にすすみ入った。

調度類は闇の館へ移されたのか、中はがらんとしていた。もうどこにも汚れ物や腐ったものは無かった。あの日堪えがたい臭気を発していた、花瓶に挿されたまま腐りはてていた沢山の花も、花瓶ごと取り片付けられていた。

む、と思ったのは、奥の壁にきらりと光るものを認めたからだ。近寄ると大きな姿見だった。頭の天辺から足の先まで映しとれるぐらい大きく、磨き上げられ銀をふきつけられた鏡面には寸分のゆがみもない。装飾から見てかなり古そうだが、名工の手によるものにちがいない、みごとな大鏡だった。

鏡嫌いのグインが、しげしげと、滑らかな鏡面をのぞき込む。

――と。

白くおぼろげな影が鏡の中で揺れた。

それは背後に現れた人影が映りこんだのでも、イリスのいたずらでもありはしなかった。白い淡い紗のような――エンゼル・ヘアーにも似たあえかな影は、鏡像のグインの前をよぎったのだ！

とっさにスナフキンの剣を呼び出そうとした刹那――

「ふふ、ふふふっ！」

楽しげな少女めいた女の笑い声が、今度は背後からはっきり聞こえた。

グインは振り向いた。

しかし、そこには夜のしじまがあるばかり。

否、空しいほど何もない空間に変異はあらわれていた。さいぜん指にからみついたのと同種の毛髪が、おびただしく、イリスの微光をきらめかせ、部屋中を舞いはじめていた。

髪の毛はグインの顔や体にも触れては、ぞっとしない感触をもたらした。

怪異だと判断して、利き手を差し上げたグインのたくましいその腕に、背後から留めるようにちいさな手がかかった。その手はびっしょり濡れていた。振り返ったグインは全身を震撼させた。

シルヴィアだった。

びしょびしょに濡れ、髪から寝間着から滴り落ちた水が床に水たまりを作っている。

（シルヴィア殿下？　そのようなはずがない……）

グインは足下がぐらつくほど衝撃を受けながら、何かの魔道がもたらしたものだろうと疑ってもいた。しかし白くちいさな顔の目鼻立ちも、拗ねたようにひき結ばれた口も、シルヴィア以外の何者でもないのだ。

シルヴィアは——シルヴィアそっくりの顔を持った者は、紅をぬったかのように赤いくちびるを開いた。

「ひどいじゃあないの！　グイン」

口調は癇癪《かんしゃく》持ちのわがまま皇女そのものだ。「あんな狭苦しい、暗いさびしい所に押し込めて。その上ねずみ《トルク》取りのねずみ《トルク》みたいに水に漬けて殺そうとするなんて、なんてひどいことするの、このばか豹！」

「皇女殿下、そ、それは……」

偽物にちがいないと思いつつも、結婚生活で何度となく繰り返して身にしみついた反応で、地下の水門をひらかねばトルクの大群からサイロンを守りきれなかったと弁解しそうになる。

（落ち着こう。ここは冷静にならねば……）

「語るに落ちたぞ。麻酔をかがされ意識のなかった皇女殿下がトルクとの戦いを知るはずがない。お前はいったい何者だ…？」

しかしグインの歯切れは悪かった。（もしこれが本物のシルヴィア皇女なら、たいへんなことにならぬとも限らぬ）一億匹のトルクと対峙した時にはなかった、薄氷を踏むような思い。

グインは水際に追いつめられたミャオの気分に陥ったが、それ以上シルヴィアは事故に言及してはこなかった。もし地下室を水びたしにしたことを、「あたしより、サイロンの民のほうが大切ってことなのね！」という方向から突っかかってこられたら、ケイロニア一の智将にして中原一の軍師にも勝ち目はなかったろう。それだけ《シレノスの貝殻骨》――シルヴィアは敵に回すとやっかいきわまりなかった。

シルヴィアのくるみ色の目はじっとグインに注がれている。ひややかな酷薄そうな目つき。登場は少女めいていたが、くちびるを舌先で湿らせるしぐさが自堕落で末枯れた感じがするのにグインは気付いた。

「あたしを疑っているの？　あたしはケイロニアの世継ぎの皇女にして、豹頭王の妃のシルヴィアよ。見忘れたとでもいうの？　グイン、あんたの頭こそ大丈夫かしら？」

毒々しく赤い舌先をひらめかせ、口を横に裂いてにっと笑う。下品な――タイスの場末の娼婦がするような笑い方。

エンゼル・ヘアーのように見えた金髪は、今や天井を埋め尽くすまでになり、シルヴィアを中心に同心円を描いて舞っている。

グインはあやしみつつ問うた。

「では皇女殿下に伺うが、あなたはどのようにして闇が丘の地下を脱出したのか？」

「あたしがどうやって脱出したかですって？」

ぶっと吹き出すとシルヴィアは声をあげて笑った。けたけたと下品に笑いたてながら、胸をそらし身をくねらせ、まるで蛹から抜け出るように、濡れてはりついていた衣を脱ぎおとした。

まっぱだかになってしまったシルヴィアに、グインは目をひん剝いた。

少女じみたかぼそい手足。両の手で胸を押さえている。

「見てよグイン、あたしを。あんたの妻のはだかを──」

けたけた笑いながら心もち胸を反らし、指先で乳房の先っちょだけ隠している。

「新婚の寝床で何度も見てきたでしょう？　もう一度見て、もっとよく見てよ、グイン！」

そうして──

「ここにいるのは、あんたが愛したサリアの女神なのよ。ねえ、これでもまだ解らないの？」

これ見よがしに、白いまるい二つの丘をおのれの手で持ち上げている。シルヴィアの裸身から放たれるもので、濃い夜気がゆらゆらして見えた。女が男の劣情を誘う、などと云うなまやさしいものではない。強烈な淫欲は妖気と何ら変わりはしなかった。

疑惑と嫌悪すら通り越して、今やトパーズ色の目に結んでいたのは敵意だ。

グインは度重なる卑劣な精神攻撃を仕掛けてきた者へ牙をむきだした。

「ユリウス！」

怒号を放つ。

「ちぇ、なんだい。もうバレちまったか」

まるで悪びれたふうもなく云い捨てる。その姿は真っ白な肌の若い男に変わっていた。

それだけは変身の前も後も変わらぬ毒々しく紅いくちびるを長い舌でぺろりと舐め、美しい顔をゆがめると毒を吐きだした。

「へん、カチカチの堅物の朴念仁め！　おいらの一世一代の色じかけに引っかからないなんて。かっちん玉も過ぎるってもんだぞ」

「スナフキンの剣よ、お前が必要だ！」

グインは口早に呪文をとなえ、黒小人が鍛えた剣を妖魔に向かって振り下ろした。

しかしカローンの淫魔族の生き残りが、ここで消滅させられることはなかった。

疾風のようにグインとユリウスの間に割って入り、魔剣の盾になった者がいたのだ。

相手の肩のあたりに当たったと思った刹那、王の手に緑色の光を残し、剣のほうが消滅してしまった。

（こやつ人間か？）

グインは目を鋭くする。

スナフキンの剣を無効にした、すなわちうつつの存在は、つよい殺気を発散している。

グインの利き手はすでに剣の柄に掛けられていた。

（こやつ、まさか……）

ユリウスをかばった曲者は、身を返すや否や突進してきた。

グインは愛剣を鞘ばしらせた。

王妃の寝室に鋼と鋼が激突する凄絶な音が響いた。

曲者はまだ剣を抜いていなかった。

鋼の装甲をはめた両腕を交叉させ大剣を受けとめていた。金属に包まれていたとしても豹頭王の斬撃を常人の肉体が止めきれるはずがない。魔人か？　トパーズ色の目が細められる。曲者は灰色の道着をまとい深くフードをおろしている。

グインは大剣を下段にして問うた。

「なぜ妖魔に味方する？　そやつがいかに悪辣で非道なしうちを罪なき者に強いてきたか知っているか」

「うるさい、うるさいよ！　豹の長っ舌《ちた》」

ユリウスが叫び立てるが、グインは意に介さずたたみかける。

「ユリウスの仲間なのか、おぬしは黒魔道師か？」

道着の男は答えず、交差させたまま腕を下げ、左右に吊った長剣の柄をごつい手で握りしめた。

「グイン」

「その声――やはりお前は、パリス！」

グインの声には希望の響きがあった。

パリスは奇声を吐くと、二刀をすばやく抜いて斬りかかってきた。

先般の対戦よりさらにパリスの伎倆は上がっていた。二本の剣をみごとに使い分けグインに迫る。ケイロニアの騎士にもこれだけの使い手はいないのではないか、と思われるほど突っかけも払いも陽動も巧みだった。

室内での戦いが、大剣を振るうグインにはやや不利だったこともある。それに対しパリスの二本の剣は若干短かく、天井や壁に動きを阻害されることが少ない。

それでも――。

パリスの猛攻をグインは擦らせもしなかった。はるかに上回る速度で反応し技をことごとく封じる。グインから致命的な攻撃は仕掛けない。豹頭王の戦いの真髄とは、尽きることのないエネルギーで相手を圧倒し、先に力を使いはたさせることにある。そうして豹頭王は過去の幾多の戦いにおいて（いくつか例外はあるが）無駄に血を流させず戦いを終わらせて来た。最強の金属で鋳造された名剣が、あらゆる武器に疲労をおこさせるように。

グインは間合いを計っていた。あと三合、二合の後に、パリスとの戦いに終止符を打てるだろう。シルヴィアの居所を訊きだすことが出来る。

すさまじい気合いもろともグインは剣を打ち下ろした。

交叉させた剣でパリスはかろうじて受けとめた。二本の剣は割れなかったが刀身に大きなひびが入った。

その時——

頭上で渦巻いていたあやしい髪の群が、豹頭王に向かって降下してきた。トルクの時と同じ戦法だ。眼前を覆われかけ、王はすみやかに呪文を唱え、剣を右手から左手に投げうつした。

果たしてあやかしの後ろからパリスは突きかかって来た。

グインは右手のスナフキンの剣を高く差しあげ、同時に左手の大剣をもってパリスの剣を受けとめそのまま払い飛ばした。

グインの左手一本でパリスは吹っ飛ばされ壁にぶつかって悶絶した。

魔剣の波動によって毛髪は溶けるように消えていった。

すべて溶けさったと思われたが、幾筋か残ったものが舞い降りながらより集まり、ボッカの盤のような格子を描いた。何十もの罫と罫の間隔が伸び縮みし、物の輪郭や高さや厚みをも描きだす。そうやって描画されたのは人の顔だ。

闇に描かれた口がくっとつり上がり、

「さすがの剣の冴えだな、グイン」

「——グラチウス」

「そう易々とおぬしに太刀を浴びせられるとは思わなんだが。この者の力と技はなかなかのものと思わんか？」

黒魔道師はしゃべるほどに実体を確かなものにしていった。虚無そのものである双眸や、額の輪に嵌まった不吉な黒玉、その魂こそ最も深い暗黒である八百歳の老魔道師。ミイラのような顔にかぎりなく暗い笑いを張り付けている。

「この者をおぬしの騎士団で使ってやってはどうじゃ？」

グインは軽口を叩くグラチウスの顔を睨みつけた。

「グラチウス、先般はサイロンの騒ぎと化け物トルクには関わっていないと云っていたが、すべてが偽りだったな」

「黒魔道師の虚偽申し立ては、善人が善行を積むがごとき――と暗黒魔道の書にはある。それにすべてが偽りというわけではない。皇帝家の痩せた雌鳥を、売国妃に仕立て上げようとしたのが何者か、あの折りはわしほど優れた頭脳をもってしても解明できていなかった」

「長広舌はいい。シルヴィア殿下を闇が丘からパリスに拉致させた黒幕は、グラチウスお前だ」

「それはおぬし一人の考えに過ぎぬ。妄想――というものだ」

「ちがう。狼が丘の手前で竜の歯部隊をトルクで足止めしその間にパリスを使って皇女殿下を勾引《かどわか》したのだ。地下室の床は堅牢で浸水はありえない。何より――闇の館の女官は、騒ぎのさなかに頭の中で《王妃を地下室に入れろ》と囁く声があり、それに従ったと云っておる。そのようなことが出来るのはグラチウスお前だけだ」

「グイン、それは重大な過失を犯した者が罪から逃れようとする作り話だ」

「何を云う！」

「その言い逃れはティスとかいう女官ではなく、おぬし自身にこそ必要なものなのか？過失で雌鳥を死なせてしまったことに対して——フォッフォッフォ」

癇にさわる笑いに豹の喉から唸りが漏れる。

「怒るな、グイン。わしのほうから出向いてきてやったのだぞ。おぬしの都にかかった黒い翳の正体を解き明かしてやるため、わざわざな」

「化け物トルクを生み出し、パリスを唆した——グラチウスお前こそ国土をかき乱し、民をくるしめる元凶であろう」

しかしそこでグインは、グラチウスがシルヴィアの冤罪を認めたことを思い出した。

「皇女殿下に汚名を着せた黒幕を知っているのか？　そして黒死病をもたらした真の下手人を？」

「やっとわしの話に耳を傾ける気になったか」

グラチウスはしたり顔になった。

「猫の年の黒死病の流行は、医学薬学疫学をきわめ、神の医師ドルケルススの再来と称されるこのわしから見ても、ゆゆしき究明すべき命題であった。わしは凄惨な病禍の痕を裏町の路地から掃き溜めまでたんねんに調べて回った。そこで目を留めたのが一匹の猫の死骸だ。黒死病に罹患して死んだ猫はかすかな妖気を発していた。解剖したところ、つむりにキタイの黒魔道である魔の胞子に冒されたのと同じ萎縮がみられた。胞子それ自体は、獣の《気》では育たぬものか、あらかじめそう仕組まれていたのか消えていた。そのような猫の死骸は多数みつかった」

「グラチウス、おまえは猫が病を撒いたと云うのか。ではなぜ疫病はサイロンにのみひろまったのだ」

「サイロンの内側で食い止めることに奏功したのはおぬしたちの力だ、グイン。人間の流入を規制できたからだ。魔道によって猫や他の獣の動きはほぼすべて制御できるが、人間はそうはいかぬ。たとえ魔の胞子に操られようとも、元来の意思やつよい衝動は時に魔道の禁をさえ破る。人間の心とはなかなかに御しがたいものよ」

グラチウスは壁によりかかって動かぬ者に冷ややかな視線を注ぐ。

「その者がよい例だ、グイン。おぬしへの深い遺恨にとりつかれ、二度も助けてやったわしに服従せず、いつも大事なところで暴走し、し損じる」

グインはパリスに目を向けずに、

「グラチウス、お前は疫病禍はキタイにもたらされたと云うわけだな。おのれの犯した罪を別の黒魔道師に着せてはいないと何にかけて誓う？」

「黒魔道師に身の潔白を明かせとは、ドールの実在を証明させることに等しいぞ、グィン」

ドールの司祭は愉快らしく云った。

「中原において最高の位階に奉られる神とはドールの大神だ。中原の人間すべてに平等におとずれる死を司っておるのだから当然のことだ。猫の年の黒死病がもし黒魔道によるものならば、わが忠誠の主ドールを冒瀆したも同然だ。かくも多くの死者を一度に出すことは、再生の秘術をもてあそぶのと同じく、ドール教では禁忌とされている。わしが愛し丹精する中原という箱庭の因果律を狂わせる、許しがたい逸脱行為である。したがって黒死病をひろめた者はわしの敵でもある」

グィンは無言でグラチウスを見返していた。

「まだわしの言葉を信じておらぬようだが、今回の、雌鳥皇女に売国妃というたいそうな冠をかぶせた者もつきとめたぞ」

「それもキタイの手の者か？」

「関係しているとも云えるし、意図した通りにいったかと云えばそうでもない。知りたいか、事件の真相が？」

「教えてくれ、グラチウス」

「素直になったたな。ならば教えてやろう。雌鳥を大罪人に祭り上げサイロン中の憎しみを集めさせたのは一人の娘の恨みじゃよ」

「娘の恨み……だと？」

「雌鳥の乱行が明るみに出てから、王妃宮に仕えていた女官は宰相のハゾスによって一人の例外もなく牢獄に放り込まれたであろう？　その中に雌鳥に特に気に入られ側近く仕えていた娘がいたが、女主人の乱倫を止めなかったことをハゾスに憎まれ、監獄で病気になってもろくな手当も受けさせてもらえず、女主人を恨みながら息絶えた。その娘の名をクララと云う」

「口寄せをしたゾンビーはクララと名乗ったとハゾスから聞いている」

　グインは愕然として云った。

「この先はわしの推量だが、いったんは埋葬されたクララの屍に魔の胞子あるいは別系統の魔の因子がとりついたと考えられる」

「クララのゾンビーはキタイの竜王に操られていたと？」

「その可能性はかなり低い。キタイの竜王は《七人の魔道師》の戦いでおぬしに敗れ、ケイロニアから抜いたかぎ爪を、中原の別の場所にひっかけようと苦心惨憺のまっ最中だ。女官のゾンビーなど操っている場合ではない」

「グラチウス、それでは下手人がいない」

「云うたであろう、若い身空をわがまま皇女の世話に捧げたあげく、悲惨な獄死を遂げさせられた一人の娘の恨みと憎悪が、竜王の置き土産である魔の因子と結合したのだ」

グラチウスは自信たっぷりに云った。

「ヤーンが《運命》の糸車を操る時、《偶然》という要素が深くかかわってくるのが中原の理。今回ほどかくも《偶然》が動いたことも稀有であるが——これぞ田舎芝居の真実だ」

グラチウスの深淵のような双眸には怜悧な光と共に、この世の悪意と皮肉をこそ面白がる真っ黒い感受性がかいまみえた。

「お前の話をすべて信じろと云うのか？」

「信じるも信じないもおぬしの勝手だ。だが女に恨まれる厄介さは身にしみておるはずだぞ。豹頭王よ、グインよ！　しかもサイロンの衆愚にクララがゾンビーになり果てた事情が知れ、ハゾスが皇女の醜行をひた隠しにするため、裁きなく女官たちを投獄したことが明らかになれば、黒曜宮も豹頭王の英明も地に落ちるだろう。これでわかったかグイン、雌鳥が関わるとろくなことにはならぬ。厄介の上に厄介をひきよせる。まこと《シレノスの貝殻骨》だ。わしが闇が丘で皇女の救出に向かわぬほうがよいと忠告した意味がこれでよくわかったろう」

グインはひくく唸った。

「お前が皇女殿下を勾引したのではないのか？　パリスを傀儡とし、魔道を用いてトルクを巨大化させ……」

「グインよ、過ぎた事柄にいつまでも拘っておっては豹頭王の名が廃るぞ。――それだけ雌鳥から被った痛手が大きかったのか？　お前のこの弱みを、惑星直列の夜におぬしから《七星の会》の全エネルギーを食らわされ、ダーク・パワーの総量の何分の一かを掠ぎ取られた竜王が知ったらどう思うかな？　痛快きわまりないな！」

　イグレックのような舌でグラチウスはグインを嬲《なぶ》る。

「俺が知りたいのはシルヴィア殿下の行方だ。グラチウス、お前ほどの魔道師の力をもってすれば――中原がまことお前の箱庭ならば、ケイロニアの世継ぎの姫という宝石の輝きを見つけだすのはたやすかろう」

「ほう、わしほどの――？　ここは地上で最も力のある大魔道師ぐらい云ってほしいところだな」

「地上最大の魔道師グラチウス、教えてくれ」

　グラチウスは小鼻をうごめかすと、「地下水が溢れだし途中で行方知れずになったが、皇女の星の宮の輝きは消えてはおらぬ、ケイロニア、このサイロンからは。だが――」

　そこで性悪く口元をゆがめる。

「グイン、おぬしはかつてこの宮殿で雌鳥を見捨てたのだぞ。そのことを思い出すがよい。一度目はパロへの出征だ、二度目は帰還後に不行跡が発覚した折り。おぬしは将軍として王としては完全かもしれんが、結婚生活には向いてはいなかった。病んだ、かよわい女を受け止めてやらなかった。雛鳥にケイロニア皇女としての誇りを自ら売るまでに追いつめたのは、良人《おっと》たるおぬしではないのか？」

グインは返す言葉なくうなだれる。シルヴィアに永訣を告げたことを思い出したのだ。

「たとえ皇女が見つけだされても、おぬしの元で幸せは得られぬだろう。さよう――」

そう云ってグラチウスは壁際にうずくまるパリスに指さきから光条を放った。ううっと呻いてパリスは失神から目覚める。

「あの者のほうがはるかに雛鳥に寄り添ってやれるだろう。騎士の心も持ち合わせておるようだ。皇女を助けるため地に潜り、怒濤となり寄せくる地下水を泳ぎ抜いた勇者だ」

「やはりパリスに助け出され……シルヴィアは生きているのか!?」

グラチウスは口の端をつり上げた。

「そうだ、グイン。お前にはついぞ出来なかったことだがパリスになら出来るかもしれん。雛鳥を囚われの檻から解き放ち、皇女の誇りをとりもどさせてやる。わしも手を貸してやるつもりだが」

パリスはグラチウスの背後に来ていた。傷だらけの顔はうつろで、先刻の戦意をむきだしにした者と同じには見えない。

「もっとも、いくつかの調整が必要だ。おぬしと戦わせてみて弱点も解った」

そう云うと、グラチウスは手の中にあらわれた魔道師の杖をさっと振るった。王妃宮のただ中に暗黒の亀裂が切りひらかれる。濃厚な闇を湛えた深淵に、ごうと音を立て空気が吸い込まれてゆく。

グラチウスの手から杖が宙を飛んだ。それはユリウスのなま白い体に変わった。巻き解かれた細長い白布のようにひらめき、蛇の頭部が「お師匠様、お先に」叫んで異界に吸い込まれる。パリスの姿も消えた。

グインはすさまじい吸引の力に、両足を踏ん張って抗さねばならなかった。

「最後にひとつ教えておこう。この度わしは暗黒連盟を中原に結成することにした。すでに人材の登用は始めておる。登用の資格は、おぬし——豹頭王への恨みということにした。ククク ッ」

グラチウスの体は暗黒の霧と化し、墨流しのように渦を巻いて亀裂に吸い込まれていく。最期に呪いとも不吉な予言ともつかぬ言葉を虚空から響かせた。

「おぬしとおぬしの王国が、蟻の一穴から崩れ去るのが今から楽しみだ、グイン」

第三話　選帝侯会議

1

水の中でシルヴィアはもがき苦しんでいた。

いくら手足をばたつかせても無駄でどんどん沈んでゆく。恐ろしくて目も開けられないが、開けたところで暗くて何も見えなかったろう。

時折口に直接おしつけられるものがあった。誰かが口をこじあけ息を吹き込んでくれた。今はそれだけが自分を生かしているのだと解った。溺れかけた自分を抱いて泳ぎながら、口うつしに命を継ぎ足してくれている。

（パリスなの？）

心の中で問うのだが、あの卑しい馬丁は死んだはずだ。姦通の罪に問われ、拷問で手足をひきぬかれた果てに死んだそうだ。誰に聞かされたかは定かでなく、おそろしい拷問の内容ばかりが心に焼き付けられている。

では今、自分も拷問にあっているのだろうか？

苦しくてこわい、苦しくて――辛い。くりかえし頭から水に漬けられる拷問にあっているのか？　恐怖と絶望に取り巻かれ、彼女の心は悲鳴を上げた。

（こんなひどい目にあうのなら助けてくれなくてよかった。こんなことになるぐらいなら――！）

幽閉中にあれだけ助けを呼んだことなど忘れさったように、

（やっぱりパリスなんて助けにならない。パリスだけじゃない、誰も――お父さまも……あいつ……あの豹のやつも、あたしを助けられなかった。そのせいであたしは死ぬ。もう死んだっていい。死んだら、あたしを苦しめたやつみんなみんな恨んで、呪ってやる。ぜったいに！）

溺れゆく苦悶が――それ以上に絶望が、シルヴィアの中に産み落とした感情は陰惨きわまりなかった。

しかしこれで最後だと思う度、口がこじあけられ彼女の命はつながれた。闇の川を沈みながら流されてゆくシルヴィアには、それが本当に拷問なのか、助けようとして救いきれずにいるのか分かつことができなかった。

（パリスじゃないんでしょう？　パリスは死んだって……。おまえは誰なの？）

誰、誰なの――と問いかけるうち、錯乱したシルヴィアの脳裡にまるで別の顔がうかんできた。

何人もの男——サイロンの場末でゆき合った傭兵たちだ。

長靴《ブーツ》を酒場の机に乗っけて、浴びるように酒を飲んでいた。崩れた薄汚れたなりで、猛烈に酒くさく、獣めいた臭いがしみついていた。

そんな男が近づいて来ても逃げはしなかった。酒を奢られ一気にのみ、下品なねたを一緒になって大口をあけて笑った。

ばかみたいと思いながら、（この下郎が）と蔑みながらも、その下賤の男たちと、火酒のように頭の芯をかあっとさせ、何もかも忘れさせてくれる時間《とき》を過ごした。

夜ごとくり返しくり返し——。

夜が白み朝が来て、へとへとに疲れはて体の奥がひりついて、一人では歩くことも出来なくなった彼女を、抱いて帰ってくれたのは牛のように鈍くて醜いあの男だった。

（パリス……）

（やっぱりパリスなの？　あたしを抱きかかえ、助けようとしているのは。死んだと聞かされた——でも誰にそういわれたのかしら？　嘘だったのかもしれない。嘘はいつもあたしをとり巻いていたから。——そうよ！　宮殿の奴らはみんなしてあたしを騙して、自分たちのいいように仕向けようとした。ハゾスも——豹頭の悪魔だって！）

幽閉されていた時の気分がよみがえってくると、胸が内側からやぶれそうだった。

（ああ、苦しい！　助けて……パリス。やっぱりお前なんでしょう？　何もみえないけど。暗すぎて――）

ここでやっと彼女は気付いた。変だ。暗すぎるのもあやしいが、水の冷たさや、その水が口や鼻に入ってきているはずなのに、どこかが現実でないようなのだ。

（まさか……今までのはぜんぶ夢？　あたしは今夢の中にいるの？）

目が覚めれば宮殿の天蓋のついた寝台の上にいるのだろうか？　いや酒場で飲み過ぎてつぶれてしまっているのだろうか？

それとも――

シルヴィアは疑った。

自分はもう死んでいるのでは？

それではここはドールの地獄なのか？

それともやはり、悪い夢から抜け出せずにいるだけなのか？

＊　＊　＊

イリス監獄から釈放されたアウロラは〈青ガメ亭〉に戻っていた。まっ先に出迎えたのは額に包帯を巻いたユトである。

「アウロラ様！　昨夜は心配で一睡もできませんでした」

目の周りをげっそり落ち窪ませている。

「心配をかけてすまぬな」

タニスもユトに負けず劣らず憔悴した顔をみせた。

部屋で三人になると、タニスが云った。

「姫様、あの旅行手形が役に立たなかった場合は、〈青ガメ亭〉のパンの配達にかこつけ、牢獄内に入りこむ脱獄の計画を練っておりました」

ユトも深くうなずく。

「その豪胆な計画が実行に移されることがなくて本当によかった」

アウロラは心から云った。

「しかしまたどうして護民兵に捕われるようなことになったんです？」

アウロラは昨夜《まじない小路》で遭ったことを説明した。黒魔道師のことも詳しく——。

「その魔道師は途轍もなく強力でよこしまだった」

ユトは（げっ！）と呻いて、

「そ、そんな奴にお会いになり、ご無事でなによりでした……が、これってやっぱりサイロンは呪われているってことですよ？　早く帰国すべしとのドライドンのみちびきかもしれない。そうだ、そうに決まってます！」

アウロラは表情を曇らせる。

(早くサイロンを出ろか……これで三人にまで云われてしまったな)

「そうだ。タニス先生、ルヴィナさんが熱を出して寝込んでるそうですが、具合いはどうなんです?」

「熱は引いていますが、まだ目が覚めません。原因が解らないのでうかつに薬もつかえず、今は安静に寝かせているだけです」

「では起こさないほうがよいですね」

「はい。――ご心配なんですか?　ようすを見るぐらいなら大丈夫ですよ。無理に起こしたり強い刺激を与えさえしなければ」

娘はカーテンをひいて暗くした部屋に寝かされていた。夢をみているのだろうか?しきりにうわ言を云っている。苦しげな表情である。

(ルカには会えたのだが、あなたの身許は解らずじまいだった)

アウロラは不首尾を報告しにきたようで気がさした。

(それどころか謎はさらに深まってしまった。たとえルカの予言であっても、この女《ひと》がわたしを傷つけるとはとうてい思えないが。闇の中の娘、嫉妬と絶望の母……どの言葉もルヴィナさんにあてはまりそうにない)

ため息を吐いたアウロラは娘の顔に目を落とす。白い額に汗が浮かんでいる。熱の有る無しを調べようと手を当てた。

その時ふいにルヴィナの瞼が上がった。大きく見開かれたくるみ色の目と目が合って、アウロラはどきりとした。

ちいさな口が開いた。

「……パリスなの？」

驚きがタニスの注意を忘れさせた。アウロラは娘の肩をゆすぶって訊いていた。

「言葉を取り戻したのか？」

ルヴィナは怯えたように、さっと毛布に潜りこんだ。アウロラははっとした。

「すまぬ。怖がらせるつもりはなかった」

娘は巣穴に籠ったりす《カリル》のように、目だけ毛布から覗かせている。

「今あなたはパリスと云った。それは人の名か？　以前はアルビオナと呼ばれたが、そのパリスもわたしに似ているのか？」

アウロラは矢継ぎ早に問いかける。

娘は毛布にもぐったまま、「ちが…う」

そして――

「……わからない」

アウロラは雷に打たれた気がした。わからないことをわからないとは、思考する力があって初めて云えることなのでは？　心の働きがよみがえったのではないか？　矢も楯もたまらず確かめようとして毛布をのぞき込んだ。

娘は体を丸めて震えていた。

アウロラは脅かさぬよう、つとめて穏やかな声音で話しかけた。

「怖がらなくて大丈夫だ、あなたに危害など加えない。あなたを――心配していた」

娘は毛布の中でアウロラをじっと見つめていた。まるで外の世界に危険はないかと探る小動物のようだ。

「……しんぱい、した？」

「そうだ」

会話が成り立ったことでアウロラは確信した。まちがいない、娘の言葉もつむりの働きもとりもどされたと。

「あなたを助けたいと思っている」

「助ける？　あたしを……助けてくれるの？」

ふしぎそうな顔で訊き返してきた。

「そうだ」

アウロラは力強く云った。そうして細いきゃしゃな手を握りしめ、毛布から引っぱり出して問うた。

「自分の名が云えるか？」

この時娘のくちびるがごく微かに震えたのにアウロラは気付かなかった。娘はちいさく喉を鳴らすと云った。

「わからないわ。今までのことは何もおぼえてない」

アウロラは愕然とした。その返答で、娘の素性はもとより、アルビオナの肖像画をここでどうやって見たのか、パリスとは誰なのか――すべてが濃い霧の奥へと押しもどされてしまったからだ。

美貌を翳らせたアウロラに、毛布から顔をのぞかせ娘は訊いた。

「あなたは？」

「……アウロラと云う」

「ア・ウ・ロ・ラ」

娘は云った、暁の女神の名を一語一語嚙み締めるように。そして――

「あなたが助けてくれたのね」

タニスはルヴィナを診察し直して、

「言葉はほぼ取り戻したようですが、記憶喪失になっているようです」

自分について訊かれると、娘は「わからない」「思い出せない」としか答えなかった。

「タニス先生は記憶喪失の治療のしかたを知っているのですか？」とアウロラ。

「残念ながら」タニスは首を振った。「初めてです。ルヴィナさんにいくつかの問診をしましたが、記憶を揺り動かされたそぶりはなく……。治療法を一から模索せねばならないでしょう。時間はかなりかかりそうです」

　ユトがあわてて口をはさむ。

「姫様！　あの娘からはもう手を引くべきじゃありませんか？　サイロンの慈善院にでも預かってもらって。これが帰国の途につく、潮時ではありませんか？」

　アウロラは窓辺に寄り、しばらく無言で外の風景を眺めていたが、小声で云った。

「……闇の中の娘におん手をさしのべられませぬよう。もしこれを此岸へひき上げなば、嫉妬と絶望の双児を産み《闇の聖母》と成さしめるでしょう」

「なんですか、それ？」とユト。

「独り言だ」


　言葉を取り戻したルヴィナはもう人形とは呼べなかった。行動はところどころおぼつかなかったが、くるみ色の瞳に宿った光は自律した意思のあらわれのように見えた。身の回りのことも一人でするようになり、時々は笑顔も見せる。うわべだけなら、いつかの町医者が云ったように「人がましく」なっていた。

しかしアウロラは手放しでは喜べなかった。ルカの予言があったからである。そのアウロラにルヴィナは以前よりまとわりつき、何かと頼るようになった。

さいわいあの夜の曲者は影も見せず、〈青ガメ亭〉の毎日は平穏に過ぎていった。

アウロラが〈青ガメ亭〉にもどって来たと知って、以前剣術を習った少女もやって来るようになった。大きな粉屋の娘だというエリカは、女剣士にあこがれ、アウロラの男装をまね、腰には短い剣まで吊っている。体型はぽっちゃりめだが。

沿海州への帰還が延び延びになっているところにもってきて、アウロラを娘たちに横取りされた気にもなり、レンティアの一の姫の忠実な小姓は（痩せっぽちのルヴィナも憎たらしいが、バスの妹め、うっとうしい上に暑苦しいぞ！）心の中で毒づくのだった。

そのような宵に――。

〈青ガメ亭〉の寄宿者たちが、焼きたてパンを前にして、一日が無事に過ごせたことを感謝する祈りを捧げているところへだった。

ユーリィが帰ってきた。

「ずいぶん遅かったねえ。悪いけど食事にしたよ」とロザンナ。

「遅くなったのにはわけがあるんだよ、ねえさん。とれたて新鮮、しかもどでかい話とくる」

「なんだろうねぇ。ぶっそうなのはもう願い下げだよ」

ユーリィはかつてドール教に入信していて、暗黒神殿が打ち壊され僧侶が惨殺された時の目撃談をロザンナに聞かせたことがある。

「義姉さん、べつだんあやしい話じゃない。なにしろ黒曜宮のお布令だ。下町の辻にお役人が出張って伝えまわっている」

「そうかい、なら早く聞かせとくれ」

食堂のテーブルに着いているのは、アウロラ、ユト、タニス、ルヴィナだった。

「布令は二つだ。一つは、十二選帝侯会議が、茶の月のヤーン旬に開催されるとのことだ。下町の者たちはさっそく影で憶測を云い合っていたが、俺もかつてなく特別で重要な会議なんだろうと感じた」

ユーリィはいくぶん大仰である。

「どう特別なのだ？」

「アウロラさん、選定侯会議が開かれるのは黒曜宮ではなく、ササイドン城なのだそうだ」

「なるほど、第二次ササイドン会議が開かれるのか」

感慨深げなアウロラにユトが小声で、

「どこがどう特別なんでしょうか？　ケイロニアの歴史には明るくないもので」

アウロラはにっこりすると、小姓にケイロニア史を語ってやる。

「ケイロニアが現皇帝の先祖に治められた大公国の名で、領土はサイロン市とそれを取り巻く七つの丘に過ぎなかった時代には、ケイロン族やアンテーヌ族などの小国家が乱立し覇権争いがくり返されていた。

ケイロニア大公国と周辺十二の小国の王たちの間で、同じ北方の民族同士がつぶし合って大国のユラニアに呑みこまれることを案じ、共存共栄の道を探る話し合いの場がもたれた。

そこでケイロニア大公国の元首が皇帝に選ばれ、この時皇帝を選出した十二の小国の首長は、自国領の独立した統治権と、ケイロニア皇帝の決定・罷免に関する権利を有する《十二選帝侯》という特別な地位を得た。

サイドン城はその会議が開催された場所であり、小国分立状態から統合されケイロニアという大帝国が成立したこと、十二人の選帝侯がそろって初代ケイロニア皇帝に剣を捧げたことからも、ケイロニアのみならず中原史においてたいへん重要な位置を占めている」

「アウロラさんは学があるなあ」ユーリィは尊敬の目を注ぐ。

「わたしのは耳学問のようなものだ。中原史はすぐれた師を得たからで、受け売りだ」

「へぇ、アウロラさんの先生か？　どんな人だろ」

「脇に逸れてます。ユーリィさん、まだ途中ですよね」とユト。

「そうだ、そうだった！　このたびのササイドン会議で決定されるのは、未来のケイロニア皇帝なのだそうだ」

アウロラは眉を寄せる。

「ケイロニアの現皇帝は重い病にあると聞いている。世継ぎの皇女は生死不明、たしか妾腹の皇女が娘をもうけている。大帝の孫にあたる姫君がいたはずだ」

「そのマリニア様は耳が聞こえないらしいよ。いくら皇帝のお孫さんでも、ご政道のことは無理じゃないのかねぇ」

「しかもケイロニア皇帝家はいまだかつて女帝を立てたことがないとくる。そこで黒曜宮一の切れ者ハゾス宰相は一計を案じたってわけだ。ここで重要になってくるのが、もう一つの布令だ。それこそ生死不明の皇女殿下についてなんだな」

吟遊詩人とはいかないがユーリィの語り口はなめらかなものだった。

「行方不明の皇女シルヴィア殿下だが黒曜宮は捜査を打ち切るんだそうだ。生死不明のままに皇位継承者から外すんだとさ。皇帝のご息女に関して異例の……」

その時がちゃんと音がして、テーブルに乳色の水たまりがみるみる広がった。

「ルヴィナさん？」

アウロラは横倒しになった把手つきミルク差しを起こした。倒したルヴィナはぼうっとした表情でいたが、あわてて拭くものを手にする。

「気分でもわるいのか？」

「うう……ん」

ユーリィは先をつづける。

「異例の措置だと思うが、ドール神殿の打ち壊しやら暴動の中心人物でもあるしなあ、サイロンの民の気持ちを考えたら致し方ないってとこか」

「王妃が黒死病を撒いたなんて絶対濡れ衣よ」とタニス。

「お医者はそう云うし黒曜宮も打ち消すのに必死のようだが、下町ではお妃がやったと思われてる。すべてがあのおそろしい女――売国妃シルヴィアのしわざだと」

びちゃっ！

「うっぷ」

テーブルにこぼしたミルクを吸わせていたフキンが、ルヴィナの手からどういう拍子かユーリィのほうへ飛んだのだ。

ミルクでびちゃびちゃのフキンに顔面を直撃され、「ひでえな、こりゃ」髪から胸まで濡れてしまっている。

「ルヴィナさんに悪気はない。手元が狂ったのだ」アウロラが取りなす。

「これじゃ、乳くさくてたまんねえ。フロで流してくる」

ユーリィはその場を立った。

「本当に大丈夫か？」

アウロラはルヴィナを気づかう。

ルヴィナはぼんやりした面持ちでいたが、ふらふらと立ち上がって「これ、洗わないと……」洗い場に行った。

アウロラは気になったが話の続きもある。

「皇帝が明日をも知れぬ身である今、次期皇帝が未定のままでは大国の威信にかかわるからな。ケイロニアの宰相の責任は重大だ」

「アウロラ様は誰が皇帝の後継者にふさわしいと思います？」とタニスに訊かれる。

「ケイロニア国王、豹頭王グイン殿ではないのか？」

アウロラは即答した。

「ケイロニアの皇帝家は万世一系だそうです。グイン王が皇帝になると系譜が途絶えてしまいます」

「グイン王のこともケイロニアの情勢にもぼくは興味なかったんですが、下町の人の間にいると、民に好かれた王だという印象を強く受けました。世継ぎの姫の人気は最悪でしたけど」

「でもお妃がいないのではグイン王と皇帝家のつながりは切れてますわよね。皇帝家と婚姻をむすんできた選帝侯から選出するべきではないのかしら？」

「ぼくは皇帝家の血筋や、正嫡であるなしよりも、その方の才覚や魅力が重要視されるべきだと思いますね。一国の元首が人の上に立って動かすのに大事なのはやはり実力ですから」

ユトの目はまっすぐアウロラに向かう。

「エリカから聞いたのだが、粉物商の父親は豹頭王が国王になってから商売がやりやすくなり、税金も公正に課され、黒死病さえなければサイロンはかつてのアルセイスをしのぐ黄金の都になっていたはずだと、残念がったそうだ」

どの国でも商人とは施政者に辛い点をつけるものだが、その商人から豹頭王は評価されている。

「エリカ？　あのバスの妹なら、ぼくに豹頭王さまって、まるで大きな猫みたいな頭をしてて愛嬌がある、可愛い、なんて不謹慎なことをいってましたよ」

少女の独特なものの見方に、アウロラは心の半分で感心し残り半分では呆れていた。

「ロザンナさんは？　グイン王は皇帝にふさわしい人物だと思いますか」

アウロラに水を向けられた、ロザンナの顔は暗かった。

「アウロラさん、そのことなんだけど……」

「どうかされたんですか？」

「今回の布令で、思い出したことがあるんだよ。だがこの話をうかつに人にしゃべろうものなら、妄想だ、頭がおかしいって石をなげられるか、ひょっとしたら豹頭王陛下への不敬罪に問われるんじゃないかって、今までこの胸ひとつにおさめてきたんだけど」

　ロザンナはまだまだ立派な胸に手をあてる。

「女将さん、どのような話なんです？」

「アウロラさんなら……云ってもいいかねぇ。サイロンのことを心配してくれる。変なうわさや宗教にも毒されてない。でも、内密にしといておくれよ。子分のあんたらも」

　ユトとタニスが慎重にうなずくと、ロザンナは語りだした。

　売国妃騒ぎの前に、タルム広場で男が一人、豹頭王グインを悪魔と罵り、王と側近によって幽閉された王妃の身を案じていたそのことを。浮浪人のようなその男は、「グイン王こそがドールである」と告発したのだと。

「あの、パルクと名乗った男は、拷問でおかしくなりかけてたのかもしれないが、騙りを云ってるようには聞こえなかった。真剣で、すごく熱くて――お妃様をよっぽど慕っていたんだよ。汚くて醜かったけど、今考えたら騎士だったのかもしれない。だからあたしは売国妃騒ぎで、下町中がお妃様が下手人だって云っている時にも、ちがうって、王妃様は無実だ、罪を着せられたにちがいないと思ってた。ゾンビーやトルクをつかった大掛かりな罠だったんだよ」

「つまりそれは、豹頭王その人が魔道の力を借り、自分のお妃を陥れたってことですか？」さすがにユトも声がちいさくなる。

　アウロラは頭を振って、

「グイン王が邪悪な人物であるはずがない。パルクという男の言葉だけで、豹頭王と王妃の間に確執があったとするのは早急すぎる」

　タニスが云った。

「アウロラ様、ひとつ理由が考えられます。グイン王は愛妾をもうけていて、子供も生まれるそうですわ。自分の子をケイロニア皇帝の後継にするのに、世継ぎの奥方こそ邪魔になるんじゃありません？」

　アウロラは否定しきれなかった。疑惑の切片が寄り集まって形作ったものがある。それは《まじない小路》で遭遇した怪戦士だった。

（まさか、豹頭王グインと、サイロンの翳りにかかわりがあるなど……）

2

その朝――

ハゾスは充血気味の青灰色の目をしばたたかせた。これで三日ほとんど眠っていない。貴族的な顔をげっそり面やつれさせている。最年少で宰相に就任し壮年を迎えても、さすがに連日の睡眠不足は堪える。

会議の下工作に時間を割かれていた。頭脳もしぼった。無理を通さねばなし得ぬ事業があることをこれほど痛感したことはない。

このたびの選帝侯会議はケイロニア史に残るかもしれない、と思うハゾスだが歴史に名が刻まれることを意識したわけではない。乱世の梟雄《きょうゆう》と呼ばれるゴーラ王イシュトヴァーンのように貪欲に自己を表現するような生き方は、ランゴバルド選帝侯の嫡子に生まれた彼から最も遠いものだ。

そんな折り目正しい人生を送ってきた者にも、無茶な冒険に打って出る機運はある。フリルギア侯のように典礼を重んじる者の眉を顰《しか》めさせはしたが、ハゾスはグインを皇帝に就けることに政治生命を賭けてもいいと思っていた。

　ケイロニア皇帝グインの下にあれば、国政に思うぞんぶん辣腕を振るえるだろう。中原一の名宰相の名を奉られることも、野望達成のひとつの形だと思われそうだが、グイン擁立に至ったハゾスの真意はまた別のところにあった。

　猫の年の災禍、シルヴィアの不行跡という、獅子の国ケイロニアを内部から患わせる事件に遭ってから、ハゾスはそれまであることにさえ気付かずにいた壁を感じるようになった。果たして自分は向こう側に行くことが出来るのか？　不安はおのれの能力への疑問である。知恵と力がおよばぬ時、常人はじつにたやすく心をむしばまれる。ハゾスほどの人物でもそれは例外でなかった。シルヴィアの時の処理の不手際、シリウス王子についてグインにしてしまった虚言、困難な復興、それらは影が重なるように心に染みてゆき、黒死の病のように内部まで腐蝕させた。

　サイロンの売国妃騒ぎと暴動に、その内患を切開され膿を出させられたようなものだ。さらに追い打ちをかけるように嫡子リヌスが落馬事故に遭い、さいわい一命はとりとめたものの、下半身にまひが残り歩行がおぼつかなくなった。それまでハゾスは宰相職を退いた後はリヌスに跡目を継がせ、穏やかな老後を送れるものだと信じていた。心待ちの未来がむざんに潰された時、人はかくも脆くなるのだということを学んだ。

　シルヴィアの薨御は動かしがたく、マリニアの女帝即位が困難な今、アキレウス大帝が身まかることにでもなれば、黒曜宮、サイロン、ケイロニアを覆う黒翳は人心をさらにむしばむだろう。宰相として恐怖を感じる。

　この臣民の不安を払拭するルアーの輝きと熱が必要だ。グイン王を皇位継承者にし、ゆくゆくは次期皇帝に指名できたなら、災厄に打ちひしがれ病弊した国内に新たな希望と活力を与え、病んだ心から発される瘴気を祓えるだろう。

　グイン皇帝をケイロニアに迎える。賛否は避け得ない。ハゾスもわきまえている。六十四代つづいたケイロニウス皇帝家の系譜をいったん途絶させることになるのだから。

　オクタヴィアは親書で、次期皇帝にはグイン王になってほしいと、はっきり云ってきている。ハゾスは、本来禁じられていることだが、会議前にすべての選帝侯にそれとなく真意をさぐる文面の密書を出し、その返事を読んでから再度密書を書き送った。

　これにアトキア侯マローン、ローデス侯ロベルト、ワルスタット侯ディモス、ベルデランド侯ユリアスの四人からは、グイン王を信任する内容の返事がきた。

「ケイロンの血を引かぬ皇帝を迎えるわけにはいかぬ」と主張する、かちんこちんの石頭のフリルギア侯には誠意と情熱をもって説得をこころみた。

　アンテーヌ侯アウルス・フェロンから返書はなく、相変わらず沈黙を守っているが、大のグインびいきが翻るとは思えぬし、アンテーヌ族は進取の気質に富んでいるからフリルギア侯のようにしきたりに拘泥しているとも思われぬ。アキレウス帝がグインをわが子のように愛していたことをアウルスほどよく知る者もいないのだ。

　そしてダナエ侯ライオス。かつては大帝のお気に入りでシルヴィア皇女の花婿候補に上ったこともあるが、当のシルヴィアに嫌がられ退けられた。グインが帰還してから、大帝がひんぱんに「後継者に」と口にするようになったのを、「英明な大帝のつむりを毒する者がいる」と揶揄し、グインへの反感を隠そうとしないダナエ侯に、ハゾスは特に慎重に文章を選んだが、相手は少し考えれば解りそうな文意をとり違えて、見当はずれの返事をかえしてきた。

　他の選帝侯、サルデス侯、ロンザニア侯、ツルミット侯、ラサール侯の賛否はわかっていない。

　ふうと息をつき、ハゾスは眉間を揉んだ。

　ここまで信任を確認できている選帝侯は半数にみたないが、ササイドン城の会議において、グインこそ次期皇帝にふさわしい人物だと誰の目にもあきらかにする策はあった。そのために不眠不休でつとめてきたのだ。

　ハゾスは書斎の一角に目をうつした。愛用の書き物机の上に一通の手紙が置かれている。差出人はネリア夫人。愛息リヌスについて書いてきている。

　あんなに活発だった少年が寝台に縛りつけられていることを思うとハゾスは辛かったが、ネリアは泣き言を云ってきたのではなかった。

「ヤーンに感謝します、わたしたちの息子を生かしてくださったことに」から始まる手紙には、リヌスがカシス医師団の医師の指導で、回復の訓練を始めたことが認められていた。歩行訓練にはたいへんな苦痛が伴うのだが、リヌスは泣き言を吐かず、何度転んでも立ち上がろうと努力しているとあった。

「我が子ながらなんと勇敢なのでしょう。リヌスは立派なランゴバルドの騎士です」

リヌスからの文も同封されていた。たどたどしい筆跡だった。利き手の右手もまひしているので左手で書いたにちがいない。

「お父様、毎日のおつとめご苦労様です。ぼくもがんばってます。お帰りになられる頃にはちゃんと歩けるようになっています。お約束します」

＊　＊　＊

ササイドン城はケイロニアの領土のほぼ中央に位置している。そのかみに建国王ケイロン・ケイロニウスが、この城にてケイロニア統一の会議を開いたのは、おのれの牙城であるサイロンに十二の首長を呼び寄せたのでは警戒心や疑心を抱かせるだろうと考え、十二の選帝侯領のどこからも近くかつ適度な距離を置く、深い森に抱かれた古城に白羽の矢を立てたのだ。

この由緒ある城は砦でもあり、代々の皇帝家は歴史的遺産を守るため、また「いざという時」のため何百年もの間手入れを怠っていなかった。管理はこの地の名門イルティス家の当主に任されていて、イルティス男爵はにわかに降って湧いた――とはいえグインがパロから帰還する道中、この城砦を二千五百人からの「一夜の宿り」にしたことがある――饗応役に大発奮し、これはハゾスには嬉しい誤算であったが、ほぼすべて自国の物産で選帝侯にふさわしい格式のもてなしを手配していた。

若い男爵は目を輝かせて云った。

「ハゾス宰相、このたびのお役目をたいへん名誉に思っております。一昨年は老父がグイン王ご一行のおもてなしを承り、その折りには内心妬ましく思っておりました。それが私の代になりササイドン会議が開かれるとは！　今ごろ父も土の下で悔しがっていることでしょう。――それで、費用についてはご心配なさらず！　一昨年からの豊作でガティも果実も例年の倍以上の収穫がありましたし、昨年は野山に鳥獣が増え過ぎ、加工しきれないほど獲れました。ササイドン名物塩漬けのイノシシ肉を豹頭王様にご賞味頂けるとあって、料理人どもはそれはもうたいへんな張り切りようです」

この時ほどハゾスがケイロニアの広大さと豊かさに感謝したことはなかった。

イルティス男爵の命令一下、城内は塵ひとつなく掃き清められ、会議の行われる大広間の大理石の床は顔がうつるほど磨きこまれた。

かつてササイドン会議が行われた広間は《剣と誓約の間》と呼ばれる。選帝侯会議が開かれる時と年に二回のすす払い以外には開かれない紫禁の間であった。

尚武の気質を謳われる剛毅で率直なケイロニア人種に、パロのようにこみいった、魔道とさしてちがわぬ典礼やしきたりは不要のものだが、ハゾスは今回の会議に際し史書やら古い議事録を参考にして先のササイドン会議をできる限り忠実に再現した。

城内で一番広い《剣と誓約の間》には楕円形の巨大なテーブルが据えられてあり、驚嘆すべき見事なカシの一枚板の天板には、これも見事な象嵌細工で、ヤヌス十二神とケイロニア皇帝の象徴である獅子が描かれている。

テーブルの上には黒曜石の、ボッカの駒に似ているがはるかに大きな置物があり、その一つ一つに各選帝侯の紋章が彫り込まれ席次を配していた。

この日のため、イルティス男爵が蔵から掘り出してきた年代ものの銅鑼が打ち鳴らされ、ケイロニア史において二回目となる会議開催の時がいよいよ近づいた。

時に茶の月、ヤーン旬の六日、ルアーの四点鐘。

すでに到着している選帝侯たちは、第一正装に身を包んで各々に割り当てられた客間で待っており、最初の銅鑼の音で手にしたカラム水を置いて、会議の間へ歩みだすのである。

選帝侯たちの中でもサルデス侯アレスは二日も前に着いていてイルティスから心づくしの饗応を受けていた。禽獣の料理をたらふく食べ酒もたっぷり飲んで、まるで宴会に呼ばれたかのようだ。

選帝侯の身の回りの世話をする近習や、護衛の騎士も饗応にあずかれるが、引き連れていいのは五百人までと決まっている。出席者に悪心を抱く者が出ないとも限らない。会議を安全にとどこおりなく運ぶため何か条もの規約がある。ササイドン城は時に忘れられた長閑《のどか》な風情を醸《かも》しながらも砦としては一級で、会議の間がある主城は三重の城郭に護られていて、不審な輩の侵入など許すものではない。

小太りで酒焼けしたサルデス侯アレスが一番に席に着く。酒の用意はない。不満げな表情になる。先触れの声を聞き、扉のほうを向いた。

入ってきたのはアトキア侯マローンだった。マローンの若さとすらりとした体型を、選帝侯の第一正装が良くひきたてている。

マローンは鼻の頭に汗をかき、余裕を欠いた表情でいる。出立ぎりぎりまでサイロン行政長官の書き物仕事をしていて、最年少選帝侯の身で遅刻はできぬと馬を打たせて来たのだ。隣の席のアレスに挨拶した時も緊張からぎこちなくなってしまう。

少し後から続々と選帝侯が入ってきた。

「ロンザニア侯カルトゥス様お着きです」

「ツルミット侯カース様のお着きぃー」

「ラサール侯ルカヌス様の――」

「ダナエ侯ライオス……」

矢継ぎ早にふれ係が声を響かせる。第二の銅鑼が鳴るまでに九人の選帝侯が着席した。

小姓に手をとられ入ってきたのは盲目の選帝侯ロベルトである。いつも身につけている黒衣は赤紫のびろうどの胴衣に取り替えられ、毛皮のふちどりがついた紫色のマントに長い漆黒の髪が広がっている。ロベルトは優雅にマントをさばいて席に着いた。

三つ目の銅鑼は議長が開催を告げる直前に鳴らされるのだが、まだ席は三つ空いている。

ワルスタット侯ディィモス、ベルデランド侯ユリアス、アンテーヌ侯アウルス・フェロンの三人の姿が議場になかった。

ベルデランド侯ユリアスは前もって欠席の由をハゾスに文書で報せてきていた。ベルデランドは遠隔の地であること、北方タルーアンの侵攻をふせぐことを理由に、年番からも外れている。ケイロニア最北の地を治めるベルデランド侯ユリアスと交流があるのは領地を隣するローデス侯ロベルトだけである。

ユリアスは先代ベルデランド侯の愛妾の子である。父侯のディィルスは、サルデス侯家から迎えた正妻との間にも男児を得たが、毛並みのよい異母弟でなく、タルーアン女に生ませた長男に跡目を継がせている。

ユリアスが選帝侯たちの前に出てこないのは、蛮族と蔑まれるタルーアンの血を恥じているからではないかと憶測する者もいるにはいた。

あとの二人、ワルスタット侯ディモスとアンテーヌ侯アウルス・フェロンは未だに現れぬ。この二人については第一の郭を通過した連絡もなかった。議長席のハゾスは、睡眠不足も手伝って、苛立ちを隠せずにいる。

そこへ、イルティス男爵の小姓が入ってきて膝をついた。

「一騎、参られました。後方にも騎馬の群が見えていますが、先頭の白馬の騎士が他をはるかに引き離し、たった今城門に！」

「馬の色より、騎手は若手か、ご老体か？」

ハゾスは首を伸ばして云った。

「物見櫓から見たのでお年までは……。おぐしは金髪でした」

ハゾスはホッと胸をなで下ろす。

(ディモスめ、後でとっちめてやらねば)

しかし——

広間に現れたのはワルスタット侯ではなかった。

「アンテーヌ侯アウルス・フェロンさ…ま」

ふれ係が言葉を詰まらせている。

正装に身を改めた、やや細身の、二十歳になるかならぬという青年が、《剣と誓約の間》に入って来たとたん、ロベルトを除いた全員が驚きに打たれた。

　きわめて端正な顔立ちのその若者は、目上の選帝侯たちに気後れすることなく会釈した。

「遅参いたしました。父アンテーヌ侯アウルス・フェロンの名代として参りました。アンテーヌ子爵アウルス・アランです」

　海のように深い青さをたたえた双眸が一同の視線を跳ね返す。もしこの場に護民官のアサスがいたら腰を抜かさんばかりに驚いたろう。小ルアーとでも云うべき美貌は、通り魔事件で遭遇した女剣士とうりふたつなのだ。

「遅れたのは、街道の一部が山崩れで塞がっており大きく迂回せねばならなかったからです。私の馬は草原の生まれなので長駆によく耐えましたが、騎士団が全騎到着するのには今しばらくかかるでしょう」

　アウルス・アランは闊達に云った。

「アラン子爵、お父上はお加減でもわるいのか？」とハゾスは少し心配して訊いた。

「侯がアンテーヌに遣わしたナルド殿ならば、よくご存知かと思いますが」美青年はうすく笑んで、「父はいたって健やかです。ただ、今はアンテーヌを離れることができない。選帝侯会議への出席をぎりぎりまで迷っているのを知り、私から名代を買って出たのです」

「アンテーヌを出られない？　どうしてまた」

「アウルス家——アンテーヌのことですのでお答えできません。カメロン提督との会見報告を副団長に任せたのも、大帝陛下のお見舞いに伺えなかったのも同じ理由からです。ご理解下さい、ハヅス殿」

アランはにっこりして云ったが、言葉の響きは硬質で立ち入る隙がない。美しい顔立ちの下に一筋縄ではいかないものがある。

（やはり父親に似ている、秋霜烈日のごとしと謳われたアウルス殿に。ご老体が手塩にかけて育てたのだ。アランを若輩と侮ってかかったら失敗するだろう）

それにしても気がかりは未だ姿を見せぬディモスだ。駐在大使としてパロに赴いているのだが、ワルスタット騎士団と共に駆けつけると返書が来ているのだ。

アランの遅参理由を思い返してハヅスはにわかに不安になった。

（パロからの道中、何か変事があったのだろうか？　まさかリヌスのような事故……いかん！　そう何でも悪いほうに考えては）

＊　＊　＊

サイロンの下町である。

アウロラはロザンナの厨房でパン生地を作っていた。ガティ麦の粉にヒツジの乳とバターを混ぜたのを大きな台の上でこねあげるのだ。
隣ではルヴィナが生地を動物のかたちにしている。以前ルヴィナが作った動物パンを
ロザンナはたいそう気に入り、売りものになるんじゃないかと色気を出して、ためしに
店頭に並べたら、あっという間に売り切れて、元祖カメパンにつづいて〈青ガメ亭〉の
人気商品になったのだ。
その時ルアー神殿で時を告げる鐘が聞こえ、アウロラは顔を上げ視線を宙に泳がせる。
「あ、アウロラ！」
ルヴィナに指をさして笑われてしまう。
「アウロラ様、鼻の頭が白くなってます」
ユトに教えられアウロラは顔についた粉をはたき落とす。
「ササイドン会議が始まる時間だから、気になるんですよね」
「ササイドン会議」ルヴィナはおうむ返しに云った。
「この前ユーリィが聞き込んできたろ？　世継ぎの皇女様は生きていないものにして、
ケイロニアの次の皇帝を決めるんだよ」とロザンナが云った。
ルヴィナの顔から無邪気な笑いが消えたことにアウロラは気付く。
「正しくは皇位継承者を今より増やし、その順位を決め直す会議です。ケイロニア皇帝
アキレウス殿は重病の床に就いておられるのですから」

アウロラは大帝への礼節を欠かないよう言葉を選んだ。

「誰になるんだろうねえ。巷では豹頭王様ばかり持て囃されてるけど……」

ロザンナは奥歯にものが挟まったような云い方をした。

パルクという男が豹頭王を告発した話を、アウロラたちに、「このことは他言無用にしとくれよ」と云っていた。「もし下町に広まったらどれだけ騒ぎになるかしれないからね」

ユーリィにも云っていなかったのだ。

「豹頭王以外の皇位継承者と云ったら、やっぱりオクタヴィア皇女ですよ！」

ユトが強く云う。オクタヴィア皇女は立派な人物で、豪胆でもあるらしいと聞いて好感を持ったのだ。旅の学士（なぜか勘違いしているユトである）の男と結婚し別れているのが、ゆいいつ玉にキズだが。

「それにたいへんな美人だそうですし」

「容貌と継承資格とは別のものだと思うけど？　ユト」タニスがちくりと刺す。「オクタヴィア皇女は妾腹であるし、その母親はユラニア貴族の出身だと聞くわ。今は亡い国とは云え都合の悪いこともあるのではないでしょうか？　アウロラ様」

「そうだな。新興のゴーラ王国でじっさいに政務についているのは旧ユラニア貴族のはずだ。宰相のカメロン卿は他国の継承問題に干渉するような人物ではないと思うが、元首はかのイシュトヴァーンだ。いかなる理由をつけてケイロニア侵攻をもくろむかわからぬ」

「純粋なケイロニア人から継承者を選んだほうが対外的にも安心でしょうね。十二選帝侯から互選するのなら、誰が順当か、と云うことになりますかしら」

「やはり、筆頭であるアンテーヌ侯か……」

　云ってからアウロラはめまいに襲われた。かつて白子《ティ》の綺姫《エラ》に聞かされた、「ケイロニウス皇帝家に何かあれば、皇帝の座が回ってくる。アウルスに、貴女の瞼の父に」が、予言であるかのようによみがえったのだ。

「でも……」

　急にルヴィナが云いだしたので、その場の全員がびっくりする。みなの視線の中でルヴィナはおぼつかなげに云う。

「その、アンテーヌ侯って……いう人は若いの？」

「若くはないな。アキレウス帝より年は上だ」

　アウロラは微かに笑って答えた。ノルン海を臨む丘で別れてきた、老いてなお剛健な漢《おとこ》の姿を思い描きながら――。

「確かにアンテーヌ侯はお年を召されている。しかし今のケイロニア――ことにサイロンは、若さや野心より困窮を支える財力をこそ必要としている。もっとも侯は選出されても年齢を理由に辞退されるかもしれない。アンテーヌ侯でなければ――さしずめ切れ者として知られる宰相のランゴバルド侯ハゾスだろうか、適任者は？」

アウロラはルヴィナの顔をそれとなく見た。ハゾスの名が記憶を揺り動かすのではないかと考えたからだが、これという表情の変化はみとめられなかった。

「あたし思ったんだけど」ロザンナが云った。「ワルスタット侯ディモス様は、ケイロニアで一、二を争うお金持ちだそうだし、騎士を三万人も抱えてるってユーリィから聞いてるよ。パレードで見かけたけど、まるでルアーみたいに美しくて惚れ惚れしたよ」

「ワルスタット侯は考えられますね。アンテーヌ侯の娘婿でもあるし。大国に据える張り子としてみばは悪くないですね」

（……タニス先生、ディモス殿を張り子といったりしたら、アクテ夫人が嘆くぞ）

アウロラはアンテーヌ滞在中にそのアクテと会っており、悩みを打ち明けられたことがある。その時のことを思い出していた。

「心配でたまらないんですの、パロに赴いたディモスのことが……。今回のパロ赴任からワルスタットの城に一度も帰ってこないんです。手がこんだ飾り物や美しい絹織物はたくさん送られてきました。手紙も何通か貰ったけれど……愛してるとか、麗しいアクテとか、今まで云われたことのない言葉が綴られ、香水が濃くしみ込んでいました。サルビオの香り……。パロの貴婦人が好んで用いる香水なんだそうです」

美しく淑やかな家庭の妻は、夫が愛人を作ったのではないかと悩んでいたのだ。

――とその時、ルヴィナが突然よろめいた。パンをこねる台に背中を押し当てるかっこうになったので、ひっくり返らずに済んだが、手の肘がミルクの入った瓶《かめ》にぶつかって倒しかける。ルヴィナの体はアウロラの左手が、瓶はユトが両手で支え事なきを得る。

「大丈夫か？」

アウロラは心配して娘の顔をのぞき込んだ。

「すこし、つかれた……」

「部屋で休むといい。顔色が悪いようだ」

「貧血かしら？」とタニス。

「寝ればなおる。眠るまでいっしょにいて」

ルヴィナはアウロラの手を握ってきた。手の平に汗をかいている。

「また少し熱が上がっているのかもしれない。横になったら額を冷やしてあげよう」

アウロラはやさしく云った。

娘を寝台に寝かしつけ、水を絞った布で額をぬぐってやりながら、

「あなたはケイロニア人なのか、サイロンのどのような家で生まれ育ったのだろう？それがわかれば治療も進むと思うのだが」

「わからない。何も思い出せない。思い出そうとすると胸が苦しくなる……」

娘はそう云うと毛布を引っ張り上げ、アウロラに背中を向けた。

しばらくしてアウロラが部屋を出ていくと、毛布の中でかすかな弱々しい声がした。

（……やっぱり、死んでしまってるんだわ。ケイロニア皇女のシルヴィアは――あ、あたしは）

声は喉にからんで湿っていたが、くるみ色の目に涙はなかった。乾き切っていた。

3

　ケイロニアの南の守りと云えばワルスタット選帝侯領のワルド砦だが、パロとの境にまたがっているのは自由国境地帯とワルド山地である。大軍の騎行をはばむ山岳地帯こそが、天然の最大級の要衝であることは云うまでもない。

　赤いリボンの道は深い山あいの緑に見え隠れし、パロとケイロニア間の流通の歴史の長さと、先人たちの労苦をしのばせる。山脈のすそ野になるワルスタットの丘陵地にはイトスギやブナが鬱蒼と生いしげっていた。

　ワルド砦にちかい森の中である。

なめした革の服を着てごつい丈夫なブーツを履いた若者が、木々の間を踏み分けてゆく。いかつい顔立ち、四角い顔はあごがやわらかく割れている。

　ワルスタット侯家に代表される、ケイロン民族にパロの血がはいった端正で繊細な美貌の持ち主が貴族階級に多く見られるが、この地方はもともとワルド城主を王に戴いていたワルド族のものでもある。若者にはワルド族の血が濃く出ているのだろう。

若者は仲間と野鳥狩りに来ていた。ハヤブサに獲物を追わせているうち、いつの間にか一人になってしまった。獲物を逃した彼のハヤブサは上空で大きく弧を描いている。どれだけ森が深くてもこのあたりは自分の庭のようなものだからまず迷うことはない。それは仲間も同様だ。ハヤブサがようやく肩に舞い降りてきたので、

(お前がしゃべれさえしたら、みんなの居所を教えてもらうんだが)

そう云ったところで腹の足しになるわけではない。食糧は仲間が持っているのだ。彼はしょうことなしに丘陵を上りだした。高い所から眺めれば居所が知れるかもしれない。

(俺の分の弁当も食われちまったかな?)

空きっ腹でのんきなことを考えた。

獣道とさして変わらぬ道の途で、若者が見つけたのは仲間の姿ではなかった。木々の間にひらめく金と真紅の旗――ケイロニアのものではないことがまっ先にひらめいた。きらりと甲冑が銀の光を弾く。その数も十や二十ではないのだ。

(よ、よその国の軍隊が、ワルスタットの森に隠れひそんでいるのか?)

信じられなかった。若者の中に膨れ上がったのは、白昼に悪夢を見せられた思い。ケイロニアは外敵を許したことがない。建国この方。鳥を追って暮らしを立てる若者は震えあがった。

(おそろしいものを見つけてしまった!)

それでも恐怖心をねじ伏せ、首を伸ばして目を凝らす。

銀色の甲冑はいったいどのくらいの数が潜んでいるのか。旗の図案は印象的だ。六芒形に羽を生やした蛇が絡んでいる。この若者が各国事情にもう少し詳しかったら恐慌はさらに増しただろう。

若者は大事なハヤブサを抱きかかえ、伏兵をワルド砦へ報せるべくひた走った。途中に崖が張り出した箇所があり、下をのぞいた時もう少しで叫び出しそうになった。

崖の下に狩猟の仲間が折り重なって倒れていた。むざんに切り刻まれ、血が下生えの草をべっとり汚していた。

＊　＊　＊

ササイドン城《剣と誓約の間》である。

定刻を半ザン遅れて、選帝侯会議は始められていた。

集まった選帝侯は古式にのっとって、広間の壁の建国王の肖像の下に据えられた空の玉座、黒曜石の《獅子の玉座》に向かって剣を抜き、会議での発言が公明正大を欠かぬこと、そしてケイロニアに対する忠誠を誓った。

その剣の数は十本。

ベルデランド侯ユリアスだけでなく、ワルスタット侯ディモスを欠いていた。

ディモスについては、ルアーの四点鐘が鳴らされた直後に急使が到着し、「パロ国内で急いで処理すべき問題ができたため、急きょ欠席する」と伝えてきた。

使者は一通の封書を携えてきていた。ワルスタット侯の印章で封緘された正式の書状だ。使者の弁によると、次期皇帝についての結論が認められているそうだ。

（不在者による信任票ということか、ディモスにしてはずいぶん気が利いている、賢いやりかただ）

ハゾスは不安をきれいに拭われ、封書をワルスタット侯の席に置いた。

パロからの使者にはねぎらいの気持ちから、別室で接待するようイルティスに頼んだ。近習でも騎士団の者でもなかった。ルゴスという名の――パロ人だった。

開始から波瀾ぶくみとなったが、今回の会議に際しハゾスには切り札があった。

切り札はサイドン城の一室にあって、その厳かな巨軀を休めていた。

ハゾスが故事に拘った理由はここにある。第一回ササイドン会議において、ケイロニア大公国のケイロニウスは議論が熟すまで広間に現れなかった。歴史家の中には暗殺を怖れたとする者もいるが、初代の皇帝はすでに十二の小国の王の心を掌握していたので、劇的な効果をねらって最後に現れたという説が有力である。

票決の時に至ったらグイン王に登場してもらうのだ。ハゾスはグインの何ごとも《正》方向へ押し進める力、人を束ね動かすふしぎな力を利用しようと考えていた。また、いまだ次期皇帝への意向をはっきり示していないグインを、選帝侯側からの働きかけで皇帝の座に押し上げてしまう心算もあった。

（シルヴィア様とのことや、ケイロニア国王即位に至る経緯も、大帝陛下や周囲の強い要望に負けた結果に思われるからな）

会議は序盤では順調だったと云える。

「まず、シルヴィア皇女殿下を皇位継承の任よりお解きあそばすことを決議いたす」

異議があれば黒曜石の駒を倒すことになっている。国を動かすボッカに誰の手もかかることなくシルヴィアは廃嫡された。

「世継ぎの姫君を廃したてまつり、六十五代ケイロニア皇帝を継がれる方はただお一人になってしまわれた。しかしご存じのように、幼いマリニア殿下はお耳が不自由であり、女帝に即位なされることに、母君オクタヴィア殿下は強い懸念を表明されておられる。よって十二選帝侯会議は、皇位継承者を見直し、次期皇帝の有資格者を決定する審議をはじめる」

ハゾスが、オクタヴィア皇女と、ケイロニア国王グインの名を口にすると、楕円の円卓の上にかすかな呻きともつかぬ声が漏れたのはむべもなかった。どちらもケイロニウス皇帝家にとって重要な人物だが、正統性や規範の考え方からは外れている。

さっそくフリルギア侯ダイモスが発言を求める。

「ハゾス宰相。十二選帝侯の中から皇位継承者を選ぶことは考えの内にないのか？」

「もっともな意見だ。その点については熟考を重ねてきたつもりだ。先般には貴侯から感情に偏り過ぎると指摘を受けたが、現在のケイロニア、サイロンの置かれた情況を考えてほしい。未曾有の国難にあって、黒曜宮を、国の民を、病身の大帝陛下をも支え切れる人物はおのずと限られてくると思うのだ」

「そうではない、私は、ケイロニアの皇帝はケイロンの民より選出されるべきだという、道理を説いているのだ」

ハゾスはフリルギア侯からアウルス・アランに目を移した。アンテーヌ族の若者は不快を表立ててはいないが、興味を引かれたふうはなく冷淡に見えた。

アンテーヌだけではない。選帝侯の中でもワルスタット侯やローデス侯にパロの血が入っているのは定説であるし、ベルデランド侯ユリアスはタルーアン族の血がきわめて濃い。ケイロン至上主義は古臭い考え方であると同時に、危険ですらある。

「人種、民族に重きを置くことは、歴史を尊ぶことに等しいと私は考えている。最大限の敬意は払うべきだが、現状と未来とにそぐわない点があるなら、規範の見直しも必要ではないだろうか？」

フリルギア侯はため息を混じえつつ応えた。

「ハゾス、貴侯の考えとは、万に一つのことがあった場合、ケイロン民族の皇帝の血脈が途絶えようともやむなし、ということなのか？」

「フリルギア侯、ケイロニウス皇帝家を長らく悩ませてきた問題はまさにそこにあった。だが後継者の不在をことさら腫れ物のように扱い、ケイロニアという獅子の泣きどころにしてきたことがそもそも心得ちがいではなかったかと私は考えた。今この時こそ、ヤーンの神域にまつりあげていた問題と向き合い、勇気をもって療治にあたることが、ケイロンの民の正統にのっとった態度ではないだろうか」

「ハゾス、それはおぬしの詭弁だな」フリルギア侯は苦笑を漏らした。

「詭弁ではないぞ、ダイモス。私は望ましい解決に宰相生命を賭けている。それにだいいち、皇帝家断絶という事態に至らぬよう計らうのが十二選帝侯の務めではないか」

決意のほどを示したハゾスに、アトキア侯マローンは純粋に賛嘆の目を注ぎ、フリルギア侯も穏やかな表情をみせたが、ロンザニア侯やツルミット侯の反応は冷ややかだった。

ラサール侯は長患いから回復したばかりで着席しているのがやっとのようす。

ダナエ侯は下唇をつきだし、卓に両手を組んで載せしきりに指を組みかえている。この男に会議の進行は面白くないもののようだ。

選帝侯の中でも、評判が悪く、皇位後継者に互選される見込みのない者はいる。

一人はサルデス侯である。アレス本人が酒浸りの上、甥が領民を惨殺する事件を引き起こし自ら命を断っている。心を病んでいたとされる。

　ダナエ侯の場合は、宮廷内での度重なる失言と女色である。独身時代には貴婦人から下級娼婦まで見境がなかった。アトキア侯の息女を娶って落ち着くと思われたが一年ともたなかった。兄のマローンが、「サルビアは別れたほうが幸せだと思います。まだ若いし。離婚にはオクタヴィア様という先例もあることですし」と零すほどだった。

　近年とみにダナエ侯の言動は荒んできていると、ハゾスは思わずにいられなかった。

（ダリウス大公がこのような目をしていた……）自滅の道をみずから選んだ皇弟を思い出しはっとする。

（どうもいかん。なにかと悪いほうへ考えてしまう。あの日、風が丘から望んだダゴンの宴は、新たな時代を啓く吉兆だったはずではないか）

　ツルミット侯が発言を求めてきた。

「正式に皇位継承者に認められたら、オクタヴィア殿下が女帝になる可能性も出てくるのではなかろうか？　大帝の直系であるオクタヴィア殿下ならむしろふさわしいではないか」

「しかしオクタヴィア殿下はユラニア貴族の子だぞ。ユラニアは建国前からの敵であるし、かの大公家は血塗られた惨劇の果てに潰えている」

「ロンザニア侯、大帝陛下のご愛妾は大公家とはゆかりの薄い姫君だそうだ。だいいちユラニアはすでに地図にない国ではないか。過去の亡霊を怖がるとはケイロニア男らしからぬ怯懦だぞ」

浅黒い肌をしたツルミット侯は腐すように云った。かちんと来たらしくロンザニア侯は言い返した。

「ユラニア三公女の幽霊など怖がるものか！　生きていた頃のほうが百倍恐ろしかったわ」

らちもない云い合いを止めさせたのは、アトキア侯マローンだった。

「生きた、今まさに隣にある脅威とは、大国ユラニアをも呑み込んだ人面の蛇神《アルトゥール》――ゴーラ王イシュトヴァーンではないでしょうか？」

この発言は選帝侯たちをぎくりとさせた。緊張と興奮から汗を浮かべてマローンは続ける。

「サンガラ山地という巨大な盾があっても、ゴーラの野望を前にしては安心できないと思います。わがアトキア騎士団はサルデス騎士団と協力し合って、国境の警戒を弛まずつづけております」

サルデス侯はここぞと大仰にうなずいて見せた。

サルデス騎士団の三千に対し、アトキア騎士団は交代要員を含めるとじつに一万からが国境に投入されていた。自由国境地帯のマイラス城には斥候が置かれ、異変があれば早馬や鳥によってサイロンにまで報せがゆく。国境警備隊を統率するのはバンス准将である。

「しかし、ゴーラには先年使節団が遣わされ、和平の約定が交わされたのではなかったか？」

と、ここでアウルス・アランが立ち上がった。

「イシュタールでのことは詳しく父から聞いております」

凜とした声、立ち姿。あたりをなぎ払うようだ。年上のマローンもかなわない存在感がこの青年にはある。

「父アウルス・フェロンと会談したのはゴーラの宰相であるカメロンです。武人らしい剛胆な気性でありかつ政治力にも長け、ケイロニアとの交戦意思なしを口にしながら、ゴーラ王不在を盾に和平条約の締結を日延べさせてしまった。ドライドンの舌を誇る持つわが父アウルス・フェロンと舌先の剣を百合戦《ひゃくごう》わせた果てに。カメロンが巧妙だったのはけっして調印に否定的な言葉を使わなかった点です。会見録を読むとまるで約定かなったかのように受け取れるのですから、したたかな施政者です」

「ゴーラ王だけでなく、カメロンという宰相もそうとうな食わせ者らしい」

「沿海州にいた頃から辣腕で知られていたらしいぞ」

「海賊業に手を染めていた、という話を聞いたことがあります」

そう云った時アランの美貌にかすかな翳が落ちた。

「ゴーラとは海賊と山賊の寄り集まりなのか」

何百年も安泰を享受してきた領主たちは、新興勢力の台頭に誹謗の声をあげた。ハゾスは嘆息し場を鎮めようと片手を上げた。

「諸卿、イシュトヴァーン・ゴーラはかつてのユラニアに比肩する外敵であり、強国に育ちつつあることは認めるにやぶさかでない。それでもやはり新興国なのだ。わがケイロニアには十二神将という鍛え抜かれた軍隊がある。世界最強のケイロニア軍は豹頭王陛下に統率されている。過剰に怖れることはない」

「怖れるはずなかろう。われは尚武の国に生まれ、ことあらば剣を取り騎士を率いて戦いの場に赴く。身命などいとうものか」

ダナエ侯は語気荒く云い切った。

「そうではないか、ルカヌス殿」

ラサール侯ルカヌスは病後の青い顔をうつむけた。ダナエ侯は今度はハゾスにとげのある目を向けると云った。

「しかしランゴバルド侯、おぬしの云いようは、かつてのユラニアにゴーラをあてはめ、不安を煽っているように聞こえる。アトキアやサルデスの騎士団には手に負えぬ大軍勢がサンガラの山を越え、国内に攻め込んでくるのをまるで願っているようではないか？

ケイロニアが戦禍につつまれる日が来ることを」

さいぜんの勇壮な発言を裏返し、陰湿な横やりを入れてきた。

「まさか」

ハゾスは絶句した。

ダナエ侯の次なる標的はマローンだった。

「アトキア伯――いや、跡目は替わっていたか」わざとらしく云い直す。「宰相の口車に乗せられ、攻めてもこない敵のため軍備に散財させられている。それが気の毒でならぬ」

「なっ……！」

これにマローンも絶句したが、隣のサルデス侯のほうが激しく反応した。

「まことか？　ゴーラの侵略はありえぬことなのか、すべてがハゾスの妄想なのか!?」

「ちがいます、サルデス侯。ユラニアを滅ぼしたゴーラ王イシュトヴァーンが、ケイロニアに矛先を向けることは十分ありえます」

ダナエ侯はマローンになおさら意地わるく、

「誰に吹き込まれた？　そのようなことを」

「吹き込まれただと？　ばかな……いや失礼。イシュトヴァーンの危険性は豹頭王グイン陛下からお伺いしました。大いなる野望は野火のように周辺諸国に広がる怖れがあると。陛下はアトキアの守りにも心を砕かれて、竜の歯部隊を派遣して兵馬の訓練法や戦略技術を伝授して下さいました。アトキア騎士団の戦力はかつてなく充実しています」

　ダナエ侯は鼻でわらった。

「完全に洗脳されておるな。若いとは――裏を読まぬとは幸せなことだ」

　心ない言葉はマローンを身内から震えさせたが、他の選帝侯にも波紋をもたらしていた。サルデス侯はぶつぶつ不平を唱えつづけ、ツルミット侯とロンザニア侯はひそひそ話を交わし、フリルギア侯は憮然たる表情で、ラサール侯に至っては病がぶり返したようにぐったりしている。

　アンテーヌ子爵アランと盲目のローデス侯の態度は変わらない。二人とも静かな佇まいでいる。

　会議の悪い流れを変えようと、ハゾスは一ザンの休憩をとることにした。

　ダナエ侯の横紙破りにハゾスも腹に据えかねるものはあったが、深謀があってやっているとは思わなかった。

（やっかんでいるのだ。その身の不徳ゆえ皇帝に選出される可能性が薄く、シルヴィア殿下の婿の座をグイン陛下に奪われたと逆恨みしていた。嫉妬心から引っ掻き回そうとしているのだ）

　休憩を告げられ一番ほっとしたのはラサール侯だろう。青白い顔に生色がきざした。

休憩を挟んで後半の始めから、ハゾスは巻き返しをはかった。こほんと咳払いをして、

「私の発言がダナエ侯の誤解を招いたようなので、あえてはっきり申し上げるが、私が皇位継承者に――ゆくゆくは次期皇帝に推したいと考えているのはグイン陛下である。もとより賛否両論は覚悟の上だ。しかし今ケイロニアと皇帝家が抱える憂い事を晴らすには、これまでと違う光と力が必要なのだ」

「大帝陛下の病《いたつ》きを憂い事とは、無礼千万」

ダナエ侯には突かれたが、アキレウス大帝は意識が戻らないまま三月《みつき》を越え、名医カストール博士と宮廷医師団が夜昼なく治療にあたって光が見えないのは周知の事実だ。

「陛下のような状態で心の臓が動いているほうがふしぎだ。特別な力が働いてお命をつなぎ止めているとしか思えない」と云う者も介護する中にはいたのである。

ハゾスは続けた。

「今のケイロニアが抱える内憂と、イシュトヴァーン・ゴーラという外患とに対抗できる唯一の方なのだ、グイン陛下は。正統な継承者として足りぬものがあると云うなら――ここで思い出してほしい、猫の年、新年の式典でのことを。まだサイロンに病禍の兆しがなかった頃だ。アキレウス大帝陛下は公式の場で隠退を表明された。公式の場は思えばあれが最後だった」ハゾスの胸に込み上がってくるものがある。あの折り大帝は残余の力をふりしぼるかのようだった。

「大帝陛下は、はっきりとおっしゃられた。グイン陛下の血筋が皇帝家に注がれることが、中興の役割を果たすであろうと。満座の宮廷人、武官、文官、女官、小間使いに至るまでが拝聴したのだ。あの時のお言葉こそ、獅子心皇帝が長年に渡る後継者問題に示されたご英断に他ならないと私は信じている」

「ハゾス……。あの折り大帝陛下は、たしかにグイン王を中興の接ぎ木にとおっしゃられたが、ご発言はシルヴィア姫への絶望からなされたように聞こえなくもなかったぞ」

そう云うフリルギア侯も目を潤ませている。

「ダイモス、貴殿の記憶が正確なることに感謝する。公式のご発言は一言も漏らさず書き写され黒曜宮に所管されている。諸卿もご存知の通りだ」

「私もよく覚えています。大帝陛下はグイン陛下にケイロニアの実権がうつることに不安があるなら名乗り出よ、腕立てをしても名誉を守るとおっしゃられました」

若さと、性格もあるのだろう、マローンは頰に涙を伝わらせていた。

「そして、金の王錫《おうしゃく》をグイン陛下に受け継がせた……」

感極まったマローンの後を継いだのはアウルス・アランだ。若い者ほど記憶は鮮やかで克明なのだから。

「この王錫を手にするもの、ケイロニアのすべての王権を受け継ぐと知るべし」

アランはまるで詩文を諳んずるように、詔命を口にのぼらせた。

「陛下がおっしゃられた、ケイロニアのすべての王権には矛盾がある。ハゾス宰相は、王権という言葉を皇位継承権と解釈されたのですね？」

アランはさらりと云ってのけたが、この時の大帝の言葉は宮廷内で論議の的になって久しかった。《王》という言葉がケイロニア国王の称号にとどまるのか、神が見行《みそな》はす真の支配者と取るかで、意味はずいぶんちがってくる。後者とするなら、公的な場面でされた獅子心皇帝の「生前遺言」になりはすまいか。数千人かの臣下の前で大胆になされた後継指名ではなかっただろうか——。

ハゾスは記憶を辿り所管の文書をひも解いてそこに至った。文官の執念の勝利である。

「アウルス・アラン殿の推察の通りだ。いや、私のほうは少しあいまいかもしれない。大帝陛下のお心を思いはかるに、陛下は冠位で表わされる絆よりも強い《絆》を、グイン陛下との間に求められていたのではないだろうか。——愛と呼ぶ他ないものを」

愛という言葉にアランははっとしたようだ。

マローンは目を赤くしている。

そして、ダナエ侯は鼻にしわを寄せ、

「ふん、愛だ、心だの、うさんくさいことを云いだすとはな。切れ者の宰相殿がいかなる魔道の風に吹き回されたものか」

「貴侯こそ、云うにこと欠き魔道とは……。もっとも魔道にも種類はあるらしい。白魔道は人をまどわすのでなく、むしろ精神を明晰にするため使われると聞く。きびしい精神修行と禁欲を求められる。白魔道師には貴殿が揶揄する愛こそが尊ばれることだろう」

ハゾスは嫌みをこめて云った。

「私的なことだが近ごろ息子が事故に遭い、それを潮に家族の愛という絆にどれだけ支えられているか気付かされた。その今だからこそ、大帝陛下のお言葉の真の意味を、詔命に託されたお心を読み取らねばならぬと思うのだ」

ダナエ侯が何か云いかけたが、細いがよく通る声が先を制した。ローデス侯ロベルトだった。

「大帝陛下がお倒れになる直前までご一緒していたのは、わたくしです。その折り陛下がお話しになっていたことを、お伝えせねばなりません」

《剣と誓約の間》の皆の目が、アキレウス帝の寵臣である盲目の選帝侯に集まる。

「トルクがマリニア様を襲う前に、陛下がしきりにお心にかけていらしたのは、お小さい方たちと、これからお生まれになる方たちのことでした。獅子心皇帝アキレウス陛下は、ケイロニアの未来を担うお子たちの健やかな成長を何より心にかけておいででした」

ロベルトはいったん言葉を切った。やつれきった細面に、この三月《みつき》の懊悩と焦燥がうかがえた。

「……陛下に何もしてさし上げられず、今までおのれが歯痒かった……ですが、ハゾス宰相の話を伺って、陛下のお心をすでに受け取っているのではないかと思い直しました。マリニア殿下はいまだ幼く、お耳のことで、常の子とは違う道をたどって成長されることでしょう。そのためには少なからぬ時間が必要です。あの夜大帝陛下がマリニア殿下をあやしながら、思いを馳せていらっしゃったのはケイロニアの未来の安泰だったにちがいありません」

ロベルトは辛そうに云い継いだ。次の言葉は苦痛以外の何ものでもなかったのだ。

「もし……もしも、大帝陛下が身まかろうとも、お子たちをお守りする丈夫の方がついておられるのなら、ケイロニウス皇帝家が断絶することにはなりません。グイン陛下とオクタヴィア殿下のお二方はそのためにも擁立されてしかるべきかと存じます。またここで申し上げます。ベルデランド侯ユリアス殿から、お二方への信任票を委ねられております。ハゾス宰相、不在者の投票をお認め下さいませ」

むろんハゾスはこの特例を認めた。

フリルギア侯は胸の内でつぶやいていた。

（ローデス侯の考え方は常の人とはいささか違うが、道理を外れておらんな。たしかにケイロンの正統な血脈は幼い皇女に継がれているのだからな）

4

その後も発言はなされたが、とりたてて重大なものはなかった。

ハゾスはいよいよという緊張と覚悟を顔ににじませて、

「では――これより、ケイロニア次期皇帝の継承者に加えるお二方の票決に移りたいと存ずる」

票決に入る直前、発言を求めてきたのは、アンテーヌ子爵アウルス・アランであった。

「ランゴバルド侯、その前に、私からも特例をお願いしたい。アンテーヌ選帝侯は、皇位継承者の票決を棄権させて頂きたいのです」

ハゾスは眉を上げ、その若さと美しさゆえ、底意とは無縁に見えた青年に呆然とした目を注いだ。他の選帝侯たちも驚き、（なぜ？）（信じられぬ）という声があがった。

「父アンテーヌ侯アウルス・フェロンの意思であり、私の意見でもあります。アンテーヌはケイロニア大公国の時代から続く選帝侯の責務からいったん離脱いたします」

アランの言葉は明瞭だった。

ハゾスには青天の霹靂だったが、衝撃の中で、発言の裏にあるものを読まねばならぬ。アンテーヌはサイロンや黒曜宮の困窮から最も遠い選帝侯領だ。ノルン海は豊かな資源であると同時に通商の重要なルートとなる。この富裕なアンテーヌに、ケイロニア国王は、ハゾスの片腕ナルド伯爵を交渉役にして、八千ランという莫大な借金を申し入れていた。むろん復興の財源にあてるためだ。

（この大借金あるかぎりケイロニアはアンテーヌに強く出られぬ。わかっていてアランはいいだしたのか）この時ばかりは美しい若者を小面憎く思う。

「ランゴバルド侯、皇帝家への非礼や謀反の心はありませんから、ご心配なく。アンテーヌは施政の上で中央――サイロンと距離を置かせて頂きたいのです」

離反ではない、傍観の立場をとるのだ、と強調されると、（まさか困窮するサイロンを切り捨てたい。沈みゆく大艦にひきずられまいと考えているのか？　アンテーヌ侯は）かえって裏読みせずにいられない。

「ここで投票を放棄すれば、次期皇帝への罷免権も互選される権利も失うことになるが？　それでもよいかアラン殿」

「宰相殿、もとより承知の上です。中立の立場から、会議の帰趨を――各選帝侯の下される選択を、見届けようと思います」

アランの顔に迷いは見られない。

アンテーヌの中立はハゾスに予想外の打撃をもたらしたが、第二次ササイドン会議の狂瀾は今まさに始まったばかりだった。

ハゾスは深く息を吸って吐き、議事を押し進めた。

「それではまず、アキレウス大帝陛下の長女であらせられる、オクタヴィア殿下の皇位継承権の是非を問いたい。継承の順位については、オクタヴィア殿下のたっての願いによって、グイン陛下に次ぐものとする」

男子優先のケイロニアの慣習を強調したのは、オクタヴィアの戦略であった。それになにしろタヴィアには女帝になろうという気はまったくかけらもありはしなかったのである。

ところが、である。

ハゾスにも意外だったが、投票権のある選帝侯――提議したハゾスを除く――全員が、黒曜石の駒に手をかけなかったのである。

（サルビア姫を捨てて、オクタヴィア殿下との再婚をゆめみているのなら、噴飯もいいところだぞ）ハゾスは意地の悪い目をダナエ侯の頭に注いだ。

長らく棚上げだった一の姫の地位が確定したことを追い風と考え、ハゾスは少し早いが切り札を出すことにした。小姓に秘密の合図を出す。

（ケイロニア皇帝の生前遺言により、グイン陛下が後継者に指名されたのは明らかなのだ。それでもまだ心を決めかねる者がいるなら、地上のルアーの光と熱によって、反対意見など霜の精のように溶かされてしまえばよい）

この時ハゾスのうちに焦りがなかったとは云えない。

「ここで、次期皇帝になられる方にご登場いただこうと思う。諸卿拍手をもって迎えていただければ幸いである」

そう云った直後のことだった。

「おろかしい素人芝居だ」

その声は大きくはなかった。独り言のつぶやきのようにも、隣のラサール侯に話しかけたようにも聞こえた。

「おろかな宰相の企てた、目も当てられないひどい素人芝居だ。笑うに笑えぬ。世継ぎの姫君を謀殺した輩が次の皇帝だなど――」

この瞬間、何百年もの間《剣と誓約の間》に保たれてきた清澄な空気に、いまわしい臭いをともなった毒の気がまじりこんだ。

ダナエ侯が吐き出した毒は悪意に他ならなかった。

「な、な、何を云われる」

ラサール侯が目を剝いた。かれだけではない、すべての選帝侯の目が、髪のうすい、平凡な容貌の中年の男に注がれた。

ダナエ侯はおもむろに立ち上がり、選帝侯たちに向かって云った。

「シルヴィア様は事故ではない。豹頭王に殺されたのだ」

「おろかしいのは貴殿のほうだ。そのような根も葉もない流言誹謗《りゅうげんひぼう》を弄し、主君の名誉をけがすのなら、このハヅス・アンタイオス、いにしえの騎士の流儀に従いて決闘を申し込む!」

ハヅスは大時代のせりふでやり返した。決闘も復讐もグインがサイロンから追放した悪習であったのだが。

「何が決闘だ。何が剣の名誉だ? おぬしにも豹頭王にも正義など欠片もあるものか。おぬしたちはケイロニア独裁のために、これまでつごうの悪い者や、秘密を知る者を次々と投獄していったではないか? イリス監獄や東の監獄塔へ。知らぬ者はない」

ハヅスはひやりとしたが、シルヴィアの出産はあったとグインに認めたことで、王妃宮の女官たちを拘束する理由はなくなりすでに全員を釈放している。

(シリウス王子が生きてローデスにいることを知られるはずがない)

しかしもしこの秘密が漏れれば、宰相の立場はなくなり、グイン擁立はご破算、大波瀾のうちに会議はひっくりかえるであろう。ハヅスは最悪の事態を予想して、恐怖の冷たい汗にしとど肌着を濡らしたが、ダナエ侯が悪意の矛先を向けてきたのは、シルヴィアが生んだ不義の王子ではなかった。

「一月前、わがダナエの領に一人の男が流入して保護をもとめてきた。無実の罪によってイリス監獄に勾留されていたが脱獄してきたと云い、タリッドのライウスと名乗った。近ごろサイロンで起きた暴動の、暴徒の一人とそれとは知らず関わりあったことで、国を騒がせた罪に問われ投獄されたと聞いた」

ライウスはシルヴィアが闇が丘の館に幽閉されていることを暴徒に教えた口入れ屋であった。《売国妃騒ぎ》の調査と火消しを担う護民官アサスは、ライウスがサイロンの何から何まで知っているので不審を募らせ、勾留して取り調べることにしたのだ。ハゾスは報告を受けたはずだが記憶に留めてはいなかった。サイロンで脱獄があったことも知らされていない。

それは市政長官であるマローンも同じで、ハゾス以上に青ざめていた。

ダナエ侯はうすら笑いを浮かべて続けた。

「特別な方法を使ったと云っておった。命がけなら、ラクダ《ガイーム》も針の穴を通ることがかなうと云うからな」

ダナエ侯の顔の相が変わってきていた。底意がある、などというなまやさしさではない。邪悪な思惑に顔が隈取られているようだ。

「その者は呆れるほど何でも知っておったぞ。黒曜宮のはしためが交わす噂話から、下町の娼婦の消息、かねがね事情が知りたかった売国妃事件についてもじつに詳しかった」

「シルヴィア様は冤罪です！　皇女殿下が自国の民を殺めるはずがない」

マローンが叫んだのは、それまで何十回も何百回もサイロンの民の前で訴えて来た、なかば反射からだった。

ダナエ侯の目が蛇のように光った。

「その通りだ、シルヴィア姫がドールにサイロンを売った売国妃と云うのは、それこそがきわめつけの騙りであり、姫君は潔白の身であらせられる。あやしげな噂で下賤の者どもを煽り、殿下に罪を着せた者がいるにちがいない、とライウスによっていくつもの不可解な点が明らかになり真相がわかったのだ」

声音まで変わってきていた。まるで人が変わったかのようだ。ハゾスは会議の始めダナエ侯にダリウス大公を重ねたことを思い出した。ダナエ侯の背後に得体の知れない影を感じぞっとした。

ダナエ侯は品のないしぐさで、くちびるを湿らせた。

「皇帝陛下に取り入り、かよわい妃殿下のお心を病ませ、闇が丘の幽閉所に追いやったあげく、浸水するような地下室に閉じ込めた。その者こそこの芝居の黒幕に他ならない」

——ヤーンの悪意だったものか？

ダナエ侯のせりふにかさなり、係の者が呼ばわったのである。

「ケイロニア国王グイン陛下の、お成りでございます」

《剣と誓約の間》に豹頭の偉丈夫が現れた、まさにその時だった。

「皇女殿下に《売国妃シルヴィア》という醜名を着せたまま、亡きものとしたのは豹頭のグインだ！」

その声がグインの耳に入らぬはずがない。

ハゾスはおのれの身に凶刃を振るわれたような苦痛をあじわった。

「ダナエ侯、グイン陛下を讒謗で傷つけるつもりかっ！」

「讒謗などであるものか、タリッドのライウスという男からしかと聞いている。不幸な皇女様は闇が丘の館に囚われながら、夜ごと助けを呼びつづけていたそうだ。お父上のアキレウス大帝に――。そして、告発しつづけた。夫たる豹頭の男に陥れられたと、ランドックのグインこそケイロニア皇帝家に入り込んだ悪魔であるとな」

ハゾスはおそるおそるグインを見やった。

豹頭ゆえ表情の変化は読み取れないが、彫像と化したかのように動かぬ。黄色に黒の毛皮に包まれた頭をかすかにうなだれさせて――。

《剣と誓約の間》は今や、重い沈黙と異様な雰囲気という圧に支配されていた。

この場の一人一人を冷静に観察する余裕などハゾスにはなかったが、根も葉もない誹誇を真に受けるような選帝侯はいないと信じていた。正気の沙汰ではない。下町の口入れ屋から仕入れた与太を信じこみ、神聖な会議の場で口にするダナエ侯の精神を疑った。

ダナエ侯はグインの偉丈夫に異様な目を注いでいた。憎悪や敵意でも足りない、瘴気のようなものが双眸から噴きこぼれていた。

ハゾスが魔道に少しでも造詣があれば、何者かに取り憑かれ操られている可能性を疑ったかもしれないが。

その時、大きなお盆にたくさんの水晶の杯を載せた小姓が広間に入って来た。ハゾスがグインの登場から少し遅らして運んでくるよう命じたのだが、今や乾杯どころの騒ぎではない。

給仕の係の小姓は出番をまちがえたと悟って、異様な雰囲気の中で立ちすくんだ。

ダナエ侯がおもむろに手を伸ばし、パロ製らしいきゃしゃな足付きの杯をひったくった。一息にあおって盆に戻す。

「シルヴィア様におかれては、お父上の酔狂から豹頭の男に妻合《めあ》わされたことが女性《にょしょう》の悲劇であったのだ。ガリレウスに縊り殺された美しきミゼリアのごとき、おいたわしやシルヴィア様……」

おのれの言葉に酔いしれたかのようだったが、ふいに、なにかが喉に詰まったらしく咳き込んだ。体を折り曲げ激しい咳をし続け、そして——嘔吐《えず》いた。おびただしい赤黒いものが大理石の床に落ちた。

口元から正装の胸までを血と吐瀉物で汚し、ダナエ侯は呆然とした面持ちでしばらく床に膝をついていたが、そのままがくりと首を垂れた。

「いかがなされた、ダナエ侯！」

ツルミット侯が後ろから抱きかかえ、血にまみれた口に手を当て、呻くように云った。

「息をしておらぬ」

「たっ、大変なことになった」

「まさか――」

全員の目が銀盆に載った十三の――一つは空だが――杯に注がれた。小姓はがくがく震えだし、もうすこしで盆から両手を放すところだったが、大きな手によって支えられた。

グインは小姓から盆を取り上げ卓に置いた。その動作は悠揚せまらず、誹謗の刃を受け、見えざる天蚕糸に搦めとられたかのようなさいぜんとはまったく違った。豹の鼻が水晶の杯の一つ一つの臭いを確かめる。もの云わなくなったダナエ侯をじっと見下ろし、

「毒だ。種類までは解らないが、空の杯の底から鼻を刺すような臭いがする」

「控えの間でカラム水を飲んだが、大丈夫だろうか？　さいぜんから胸焼けがしてならぬ」

ラサール侯は訴えるように云った。

「……まさか。イルティス男爵はすべて毒味したものを出しているはずです」とハゾス。

「しかし現にダナエ侯は毒を飲まされて亡くなっている」

グインはしずかに云った。

「ラサール侯は医師をお連れではなかったか？　心配なら診察してもらうとよかろう。医師にはその後で、ダナエ侯の検屍を頼みたい。それに、お前――？」

トパーズ色の目は小姓に向けられていた。

「発泡酒の毒味はしたのか？」

「は、はい……。決まり通り、はちみつ酒は樽から、発泡水も注ぐ前に毒味しております」

青ざめてはいるが小姓の受け答えはしっかりしたものだ。

「杯を用意した者は？」

「イルティス家の家宰でございます。当家の名品ですので蔵から出した後、よく洗って使用に供されます。会議が始まる前から控えの間に用意されておりました」

この言葉にグインは深くうなずいた。

「陛下はその者を疑っておられるのですか？　選帝侯の毒殺をくわだてた者だと」

アウルス・アランが云った。

「めっそうもない！　私はそんな恐ろしいことをする人間ではありません。ヤーンに誓って！」

若い小姓はすがるような目をグインに注いだ。

「お前を下手人と断ずる十分な証拠があれば別だが、今の話から控えの間に出入りの出来た者なら、誰にも杯に毒を塗る機会があることはわかった。おそらく世に行われる暗殺ではない。詳しくは薬師に調べさせるが、十三の杯で毒が入っていたのは一つだけのようだ」

「なんと！　ダナエ侯はたった一つの毒杯をひき当ててしまったのか……」

ハゾスは呻きを漏らした。

「杯に毒を入れた下手人は、選帝侯会議を混乱させ、中断させようと考えたのではないか？　もっとも俺が毒の杯を手にする可能性とてあったのだ」

グインは慚愧に堪えぬように云った。常人離れした嗅覚によって事件を未然に防ぎ、一人の選帝侯の命を救えたかもしれぬと、示唆するかのようだった。

ロンザニア侯がまっこうから問うてきた。

「暗殺も毒殺もゆゆしきことだが、倒れる前にダナエ侯が口にした——世継ぎの姫君に冤罪を着せ、あまつさえ謀殺したという、その点についてグイン陛下はいかが釈明をなさる？」

「そのようなこと誠であろうはずありません！」ハゾスは血を吐く思いで叫んだが、グインはうなだれて云った。

「世継ぎの姫君をおいたわしい立場に追いやった責任が俺にあるのは確かだ」

一方でマローンも複雑なおももちでいる。

「口入れ屋ライウスの脱獄の件を明らかにせねばなりません。その上で、もし亡くなったダナエ侯に保護された者と同一人物ならば、護民官のアサスに再びきちんと詮議し直しを命じます」

マローンの胸中はおだやかでなかった。施政者の立場に都合が悪いからと云って、正気でないとか、何かに取り憑かれているからと頑迷に否定してしまうには、いまだ若く純粋だったのである。

ラサール侯の主治医がやって来て、ラサール侯の診察とダナエ侯の検屍を済ませた。十三の杯のうち毒入りの杯が一つだけだったのは、グインが推理した通りであった。結婚して二年足らずで寡婦になった妹姫に、ダナエ侯の末期を伝えねばならなくなったこともマローンを滅入らせていた。

ササイドン城の管理者であるイルティス男爵にも降ってわいたような災難だった。人生最大の晴れ舞台が一転して悲劇の場になったのだ。知らずに毒杯を配膳させられた小姓よりも、ドールの籤を引かされた思いは深かったかもしれない。なにしろイルティスが管理を任されるササイドン城の正式な領主——皇帝家から伯爵の位を授けられた者は、いずこかの空の下でひばりのように歌っているにちがいないのだ。

ハゾスの打撃こそ深かった。選帝侯会議の行方を占うと激しく頭が痛んでくる。このまま続けるべきか、続けられるものなのか？　選帝侯たちに疑惑の種を撒いたダナエ侯は、誹謗中傷を永久に論破されぬ彼方に去ってしまった。由緒ある《剣と誓約の間》が、悲惨な事件と流言蜚語にけがされたことも許せなかった。

シルヴィアの件では小暗い行為に手を染めたハゾスが、グインについては、にわかに潔癖な理想家になってしまうのは大いに皮肉であった。かれの中で、第六十五代のケイロニア皇帝の始まりの時は、光に包まれるべきであった。畢生の政事《まつりごと》のヴィジョンを完膚なく叩き潰されたことに加えて、連日の睡眠不足がさしも鋭利な頭脳の切れ味をにぶらせていた。

そして、グイン——

グインはその豹頭ゆえ表情から明暗を推し量ることは出来ないが、選帝侯の暗殺というゆゆしき、かつまた城内に下手人が潜んでいるかもしれない事態に際し、すみやかに打つべき手を打っていった。

グインはササイドン城に竜の歯部隊五百騎をひき連れてきている。今回隊長のガウスはサイロンに残し、カリスが中隊長をつとめていた。カリスはシルヴィアを捜索させていた騎士の一人だ。グインはそのカリスに命じ、「城内の者たち一人一人が、選帝侯会議の間どこで何をしていたのか」を明らかにさせた。

巨大な、三層からなる砦の中に、壁のわずかな崩れを見つけだすようなものだが、グインには気付いていたことがある。控えの間で待っている間に、しのびやかな足音が廊下を、問題の控え室から別の控え室のほうへ行くのを聞き取っていた。ルゴスと名乗ったパロ人の使者がいる部屋のほうだ。

しかしそれだけで、いかにケイロニア国王と云えども、ワルスタット選帝侯の使者を訊問することは難しい。平和条約を結んでいるパロの人間でもある。「ケイロニア国王の規則に例外はありませぬゆえ」で押し通して、部屋に足留めさせることにしたのだ。

グインはカリスに云った。

「証拠は押さえている。選帝侯会議で暗殺を企てるような者が、毒を所持するまぬけとは考えられぬが。毒の種類からいかなる毒使いか明らかにできるかもしれぬ」

グインは直属の薬師に毒物を調べさせる考えでいた。サイロンのねずみ騒動で名を上げた異相の薬師ニーリウスである。

城内に雄姿を見せた豹頭王とケイロニア正規軍の鎧姿は、毒殺事件に恐慌を起こしかねない城中を鎮静させまた力付けることになった。

しかし——

選帝侯会議再開のめどは立たないまでも、秩序を取り戻そうとしていたササイドン城に、ふたたび激震が見舞おうとしていた。

それはルアーの六点鐘があとすこしで鳴らされる――本来なら会議がつつがなく円満に終了しているべき時刻であった。

＊　＊　＊

（あたし……？）

うすぐらい室内で目をさまし、シルヴィアはしばらく天井を見つめていた。

自分がいるここはどこだろう？　夢の世界からうつつなのか？　この何ヶ月かで目覚めるたび自分に問う癖がついてしまった。

眠りは短い死――。

そう歌ったのは詩人のオルフェオだ。ミゼリアの悲しい物語で……。夫の嫉妬に殺された妻は姦通などしでかしていなかった。勇猛な将軍ガリレウスは、出征中におのれの内に飼った猜疑心によって、娶《めと》ったばかりの美しい妻を手にかけてしまったのだ。その筋立てに皮肉を感じるぐらい、シルヴィアの記憶は今たしかだった。

闇が丘で遭った地下水の恐怖と、黒蓮の麻酔薬の中毒のせいで、シルヴィアの心は暗い川から抜け出せずにいたが、そのまま廃人にはならなかった。栄養のある食事や、穏やかで適切な介護――〈青ガメ亭〉の人々の手によって引き戻されたのだ、此岸に。

アルビオナそっくりの美人なのに男みたいなアウロラ。タニスという女医は男ぎらい。パン作りの名人ロザンナは未亡人。どの一人も今までシルヴィアが出会ったことのない女たちだった。

男たちもだ。ガティ麦粉の買い付けより町の噂を仕入れるほうに熱心で、時々ロザンナに怒鳴り飛ばされているユーリィ。アウロラにいつもくっついているユトの目は少し苦手だが。

それでも黒曜宮の宮廷の人間から四六時中向けられていた、見下げはてたような、忌々しい猥りがわしいものを見るような目に比べたら、ずっと楽で、息苦しさを感じさせなかった。食べ物がするする喉を通った。食べ物の味がわかり、大勢でする食事を楽しく感じたのは、キタイから連れ戻されて初めてのことだった。

黒曜宮に戻ってからの毎日はそれほどに辛い思いを彼女に味わわせたのだ。うわべは親切に見せかけて、手のひらに針を生やしていた意地悪な女官たち……。

（ドールの地獄の硫黄のにおいのする空気があたしを取り巻いていた。お父さまの前では嘘でとりつくろって、あたしにはドールのように臭い息と、ひどい言葉をぶつけてよこした。世継ぎの姫のくせにわがままだとか、ぶすだとか、痩せっぽちの淫乱だとか、ほんとうにひどいことばかり……。皇帝の娘に生まれたくて生まれたんじゃないのに。

あたしは平凡な幸せが欲しかっただけなのに！）

いったん嫌なことを考えだすと、暗い方へ暗い方へと心が傾いてゆく。

（お父さまは、あたしのことなんて解ってなかった。だからあんなひどい奴と結婚させた！　いちばん辛い時にいっしょにもいてくれなかったくせに「何を云うのだ、シルヴィア」それしか云わない、豹頭のばか！　なんでもあたし一人の妄想と決めつけた大ばかの豹野郎。あんなの良人じゃない。あたしの男でもない。だから――本当にあたしをいい気持ちにしてくれる男を探しにでかけたのよ。……あの時の気持ちはもう解らないけど。どんな男でもよかった、あたしをめちゃくちゃにして……何も考えられなくしてくれたら、どんな男でもよかった。醜いパリスでも……。あたしはミゼリアじゃない。あたしはあたし、やりたいことをしただけ。それが罪だと云うの？　ケイロニアの皇女は売国妃だって云われたってどうでもいいことだわ。そんなの誰かが勝手にそう云ってるだけ。吟遊詩人がこしらえた物語とどこがちがうの？　《売国妃シルヴィア》なんて、誰かの夢かまぼろしなのよ、きっと……）

黄昏の中でシルヴィアの思いはどこまでもとりとめがなかった。

第四話　闇の中の皇女

1

ササイドン城――。

《剣と誓約の間》である。

ダナエ侯の遺骸が運び出され、陰惨な汚れものは拭いきよめられ、うわべは清浄なたたずまいを取り戻した同じ広間に、今――選帝侯の死すら霞ませる大変事が報じられていた。

黒曜宮の玉座の間であるかのように、すっくと立った豹頭偉丈夫の王の前に、膝をついているのはワルスタット選帝侯領、ワルド城の警備兵だった。ワルドの森で起きている異常なおそろしい事態を伝えるべく馬を飛ばしてきたのだ。

(まことなのか？　ワルスタットの領にゴーラの伏兵、イシュトヴァーン王の奇襲などとは……)

居流れる選帝侯の間には、水面に墨を落としたように不穏な波紋が広がっていた。

ワルド砦の警備隊は、異国の旗と伏兵を目撃したとの報せを受けて、すぐに斥候をだし、旗がゴーラ王国のものにまちがいないこと、伏兵の数が五千を下らないことを確認したのだ。

今この時も、ワルドの地を守る兵士たちは、イトスギの森に銀鱗をのぞかせる人面の蛇の群をじっと睨んでいる状態であった。

選帝侯たちが顔色を失ったのは、ゴーラ軍がまったく予測していなかった方角——パロ側から侵攻してきたからでもある。それは竜の年のモンゴールによるパロ奇襲の悪夢を彷彿させた。

ワルド族らしい四角いしっかりした顎をもつ兵士は必死の形相で豹頭王に言上する。

「ワルスタットのかなめ、騎士団が駐屯するワルスタット城に伝書のハヤブサを飛ばしましたところ、パロ在任中の選帝侯ディモス卿はことづけで、もし不慮の事態に見舞われた際は何ごとも大元帥であるグイン陛下を頼り、ご采配に従うよう伝えていたそうです」

そもそもディモスをパロに遣わしたのはグインだ。パロへは自由国境地帯をぬけ峻険なワルド山地を越えねばたどり着かぬ。しかもディモスが赴任する首都クリスタルとは、馬で数日の距離がある。ササイドン城はサイロンよりはるかにワルスタット領に近い。

「わかった」

　グインは簡潔に答えた。

「すぐにワルドの森に向かう。ケイロニアの国土を他国の鉄蹄《てってい》に踏み荒らさせるわけにはいかぬ」

　豹頭王のたぐいまれな筋肉質の体は、国境を侵す者への瞋恚《しんに》からか、さらにひとまわり膨らんで見え、兵士をますます平伏させる。

「ありがとうございます、陛下」

　しかし――

　ハゾスの顔は暗かった。一ザンでも早く手を打つことが奇襲を阻む最大有効な策とはいえ、ササイドン城から出撃できる騎士の数は五千にほど遠い。軍備も薄い。各選帝侯騎士団は軽装備で登城してきている。戦ぞなえで来ているのは竜の歯部隊だけである。いかにケイロニアが誇る精鋭部隊でもわずか五百騎で獰悪なゴーラ兵五千に立ち向かうのは兵法どころか常識に反する。

　ここでイルティス男爵から申し出があった。

「グイン陛下、当家の騎馬隊二千に、陛下と共に出陣する名誉を賜りたく存じます。私の監督不行き届きで会議の場を汚してしまいました。墓の下の父祖にどう詫びればよいか解りません。せめてもの挽回の機会をお与え下さいませ」

選帝侯騎士団からも助力の申し出があった。アウルス・アランである。

「アンテーヌ騎士団五百騎には甲冑の用意があります。しかし大回りで迂回したために馬が疲れきっております。元気な馬さえあれば陛下と共に戦えるのですが」

即座にマローンが答える。

「それならアトキア騎士団の馬をお貸しします。わが騎士団にも鎧があれば……後悔は先にたちませんが。陛下のお役に立てるなら、馬でも何でもどうぞお使い下さい！」

マローンは平生の調子を取り戻しつつあった。ダナエ侯の誹謗によってもたらされた蟠《わだかま》りを、ゴーラという現実の脅威に吹き散らされ、今はグインのためケイロニアのためという気持ちに強く占められている。

にわかに、グイン率いる竜の歯部隊を頭にした三千の混成騎士団が編成された。

「助かったぞ、マローン、アラン」

グインは二人にうなずきかけ、

「ゴーラは強兵だ。しかもどのようにして国境を越えてきたのか手段がわからぬ。じつに不穏だ。会戦になるようなことはできるかぎり避けるつもりだが、いくさとは生き物だ。じっさいに相対してみないことには解らぬ」

グインは言葉を切り、思いはかるような間をとってから、強い口調になった。

「アトキア選帝侯マローン、アンテーヌ選帝侯代理アラン、この両名にはワルド砦への随行を禁じる」

「え——」

アランは声をあげ、不本意だという表情をあらわにする。冷徹に見えてその実はっきりした性格のようだ。おいてきぼりを食らうと知ってマローンが即座にうつむいたのと対照的ではある。

トパーズ色の目がケイロニアの次代を担う若者二人を穏やかに包みこむ。

「ダナエ侯の悲劇の後でもある。特にアラン——中立を表明しているアンテーヌ侯の嫡子を危地に連れだすわけにはいかぬ」

アランはあっという顔をする。混成軍に名乗りを上げた時、政事的な立場は頭になかったようだ。美貌をあわく染める。

「おぬしたちには城に残ってハゾスと共に、他の選帝侯の安否に気をかけてもらいたい。毒使いはおそらくまだ砦の中にいる。また選帝侯が狙われるともかぎらぬ。ダナエ侯の毒殺からはワルドの森の伏兵にも劣らぬ、やっかいな臭いがする」

「陛下、それは私も随伴を許してもらえないということですか？」

ハゾスは恨みがましく云った。

「おぬしの場合は健康上の理由もある。睡眠と休憩は削るべからず——俺の規則をまた破りおったな。最低二ザンの仮眠を命ずる」

このグインの言葉には温かみがあった。

ここで目立ったのがイルティス男爵である。自慢の蔵から出してきた甲冑は古めかしく、実戦向きとは云いがたかったが、戦意高揚を全身はちきれんばかりにみなぎらせている。

「グイン陛下、わが隊は陛下の盾となって奮戦する気構えでおります」

「男爵、気持ちはありがたい。が、イルティス騎馬隊にはしんがりを願う。はっきりそうだと解ったわけではないが、イシュトヴァーン率いるゴーラの遊撃隊は変幻自在のやっかいな敵だ。よって対戦経験のある竜の歯部隊が先鋒となる。男爵の騎馬隊には、わが生きた兵器の動きをよく見て頂きたい」

「はっ。実戦にて教えを賜るとは、これ光栄の至りと存じます」

イルティスは時代がかって云う。

グイン王に心を寄せる者がいる一方で、サルデス侯、ツルミット侯、ロンザニア侯、ラサール侯の態度は依然として冷ややかであった。これよりゴーラの伏兵と戦おうというケイロニア国王に、底意のある視線を向け、こそこそ小声で耳打ちを交わしている。ケイロニア武人の代表とも思われぬ態度だ。これがすべてダナエ侯の誹謗が悪しき芽を植えつけた結果なら、グインが感じたようにこのササイドン城でゆゆしい事態は今なお進行中なのだ。

今回の会議において宰相ハゾスが重きを置くべきだったのは、歴史や伝統、大帝の生前遺言より十二選帝侯の心情であったのかもしれない。しかしながら事態はかれの思惑とは逆のほうに逆のほうに進んでゆき、結果、第二次ササイドン会議が、ケイロニアに捧げられた十二の剣の結束をみだす端緒になる怖れすらあった。

あるいは――

ハゾスが吉兆だと信じた未来《ゆめ》は、ヤーンの心に副わなかったのかもしれぬ。地上の常の人間の構想を、宇宙的エネルギーの持ち主の威を借りて、実現しようということがそもそも心得ちがいだったのだろうか？

ともあれ次期皇帝を決定せぬまま会議は中断を余儀なくされたのだった。

ササイドン城の大門が滑車を軋らせてひき降ろされ、グインひきいる三千騎が蹄の音も高く走り出たのは、ワルド砦からの報告を受け一ザンも経たぬうちであった。

一方、ササイドン城に残されたマローンとアウルス・アランである。

二人はグインの命に従って、他の選帝侯の安全をはかることを第一に考え、選帝侯たちにひきつづき《剣と誓約の間》に留まってもらおうとしたが、ラサール侯が気分がよくない横になりたい、と云いだしたのをきっかけに、選帝侯の何人かは勝手に客間にひきとってしまった。

広間に残ったのはハゾスとロベルトとフリルギア侯の三人だった。警護にはランゴバルド騎士団があたり、さしあたって二人はすることがなくなった。

マローンはアランに向かって思いついたように云った。

「前年の祝賀式でお会いした時と、アラン殿は感じが変わったようにお見受けする」

アランは美貌をわずかにゆるめると、

「この一年でかなり背が伸びたんです」

男児にとってそれはたいそう重要なことだし、オー・タン・フェイが著作の中で、男児というものは一年会わなければどう変わってもふしぎはないと、語っているのをマローンは思い出しもして、

「いや、顔の感じが大人びた気がするのだ」

「マローン殿って、意外に勘がいいですね」

アランは急に声をひそめ、顔を寄せて云った。

「恋をしたんです」

「そ、そうだったのか……」

マローンの驚きの声には羨望もわずかに混じっていた。（年が若いアランに先を行かれている）ショックもあったかもしれない。それゆえか、生まじめな若き選帝侯は、同世代ならまっさきに知りたがりそうな――アランがどんな相手に心を奪われたのか、そ

の姫君はどれほど美しかったか、上手くいったかどうかさえ訊きだせなかった。

そのうちアトキア騎士団の一人が報告に来た。ササイドン城の者に会議中に部署を離れたり、不審な行動をとった者は一人もいないとのことだった。

「やはり――」

グインが推理した通り、使者ルゴスの証明だけがなされていない。

「マローン殿、私たちでルゴスを訪ね、それとなく探りを入れてみてはどうでしょう？」

アランは能弁なだけでなく、大胆な性格も持ち合わせているようだ。

「しかしもしアラン殿に危険が及んでは、豹頭王陛下とアンテーヌ侯に申し訳がたたぬ」

「毒使いなどに遅れはとりませんよ。剣には人並み以上の努力を傾けてまいりました」

このひと言でマローンは美貌の若者に好もしい印象と親近感をおぼえた。

二人はルゴスの客間を訪れた。

「誰だ？　何の用なんだ？」

暗い、ふきげんそうな声がして、出てきたのはパロ人とも思えぬ浅黒い顔の、ちぢれた黒髪の男だった。

「私は選帝侯の一人でマローンと云う。こちらは選帝侯代理のアラン殿だ」

「そのような方たちがまたどうして？」

「すでにお気付きかもしれないが、ササイドン城は今、ダナエ侯を毒殺した下手人に警戒して準戒厳令下にある。私たちは豹頭王陛下の命によって動いている最中なのだ。使者殿も何か異変を感じたことがあれば教えてほしい。下手人の目当てにしたい」

アランはするする云ってのける。

ルゴスの浅黒い顔には、とりたてた変化は見られなかったが、

「毒殺とはまたえらくぶっそうだが、特に気付いたことはありません。それより警護の方たちでしょうかね？　さっき廊下のほうで伏兵だとか、ゴーラが攻め込んできたとか話している声がきこえた。本当ならたいへんだ。この城だって安全かどうかわからない」

マローンとアランは顔を見合わせる。ケイロニアの騎士が客人の不安を煽るようなことを聞こえよがしに云うことはないからだ。

「それについてはまだはっきりしたことを云える段階ではない。国どうしの調停の問題だ。すくなくとも使者殿を危険に晒すことはないので安心して滞在されるがよい」

アランはにっこり笑って云った。

ルゴスの部屋を出た二人は、不審な印象を受けたことを話し合う。

「やはり怪しい。毒殺事件が起き、下手人がまだ捕らえられていないと聞かされたなら、

まっさきに飲食物への不安を口にするものではないか？　ラサール侯がそうだった……」

腕を組んだマローンに、アランが計略を打ち明けた。

「じつは豹頭王陛下の記念金貨を部屋の隅にわざと落として来たのです。それを探しに来たといって部屋を捜索してやるんです。毒薬を隠しているかもしれない」

「ふむ、アラン殿は策略家でもあるのだな」

マローンはアランの大胆さや機知につくづく感心していた。

二人はもう一度ルゴスの部屋へゆき、扉の前で声をひそめて打ち合わせる。

（わたしが声をかけます。扉がひらいたら二人同時に踏み込みましょう）

（わかった）

「ルゴス殿、さいぜん伺ったとき部屋に落としものをしたようだ。探させてほしい」

アランの声が凜とひびく。だがルゴスから答えはなかった。しばらく待ってもう一度、さらに何度か声をかけたが扉の向こうは沈黙したままでいる。

アランは形のよい鼻をしかめた。

「マローン殿、なにか変な感じがしませんか？」

「そう云えば、きな臭いような……」

二人同時にひらめいたのは、部屋に火を放ったのではないかという疑いであった。

「放火されてはたまらぬ。いたしかたない、扉を蹴破って踏み込もう」

マローンは決然と云った。

しかし蹴破るまでもなかった。あやしむべきことに鍵はかかっておらず、押しただけでたやすく開いたのだ。

はたして、ルゴスは屈んで何かを床に仕掛けているようにも見えた。突然の闖入者《ちんにゅうしゃ》に驚いてふり向いた顔はひきつっていた。

異変はすでに起きていた。

ルゴスの足下がゆらゆらしていた。炎が上がっていたのではない。床に敷かれた若草色のじゅうたんの毛足が長く伸び、まるで草原の草のように揺れて見えた。

あやかしや魔道のたぐいと無縁に育った、マローンとアランは目をこすった。

するとルゴスの手からきらめく銀の羽根が飛んできた。

とっさにアランは頭をひくくした。次の瞬間、ナイフの刃は扉に突き刺さった。赤みがかった金髪が断ち切られ宙を舞う。

「何をするっ！」

マローンは腰の剣を抜きはなっていた。

しかしルゴスは第二撃を仕掛けてはこなかった。床に這いつくばり「ちがうのか、ちがうってのか？　このまじないじゃ…ない…？」などと口走り、縮れ髪をかきむしり、何度も額をすりつけている。正気のしぐさには見えない。

「どこでへましたって云うんだよ!?」

どうやら足下に揺れるあやしい若草に云っているようだ。

そして――絶望したように呻いた。

「ああっ……」

じゅうたんが形を変えた――としか見えなかった、マローンにもアランにも。

それは異様に長い若草色の腕だった。ぐんと、さらに長く伸びる。その手に握られているのは最前と同じ種類のナイフだ。凶刃がひらめき、苦鳴がしぼりだされる。若草色にしぶいた鮮血が二人の目を同時にくらませた。

血まみれの腹を両手でおさえ、ルゴスは後ろに数歩よろめいた。苦痛と恐怖に顔をゆがめたまま、鎧戸のついた窓にすがりつくかっこうで、まだ何か云おうとしている。

「お、俺を……だましやがった……」

緑の五指から放たれる銀の箭羽根《やばね》。

「うあぁ――」

左胸にダガーを生やし、ルゴスは窓を破って墜ちていった。

いきなりはげしい風が吹き込んできたので、マローンとアランは目を開けてもいられない。

一瞬の強風が吹きやんだ時、緑の腕は影もかたちもなかった。血のしみ込んだじゅうたんは常の状態にもどっている。緑魔に魅せられた一場の夢のごとくに。

アランは呆然と立ちすくんだままでいる。

いち早くわれに返ってマローンが叫ぶ。

「ルゴスの生死を確かめねば！」

しかし——

二人が駆けつけた時、中庭の石畳に叩き付けられた男はこと切れていた。

「なんという失策だ。豹頭王陛下が軟禁扱いにした者を目の前で死なせてしまった……」

マローンは天を仰いだが、アランが心に受けた衝撃もまた深かった。

「いまのは何だったのだ？　暗殺なのか……だが、あの緑の手は……いったい……？」

経験の浅い若者たちは、自責の念と魔道への畏怖に立ちすくむばかりで、この後ろにある陰謀や、あやつっている者にまで考えはおよんでいない。

それも仕方のないことだろう。尚武の国ケイロニアでは、《閉じた空間》という言葉を知る者すらいないのだ。さいぜん起きたことはほとんどすべて不可解な、途方にくれさせる出来事の連続だった。

ましてどのような方法で魔道師の道が付けられたか二人には考えられなかった。じゅうたんに砂を撒いて描かれた呪符が、風に飛ばされた後では検証のしようもない。

アランとマローンがルゴスの死に遭ったのとほぼ同じ頃、《剣と誓約の間》のハゾスである。ダナエ侯の毒殺、ゴーラの伏兵という異常事態によって、選帝侯会議は中断を余儀なくされ仕切りなおす手だても今はない。選帝侯の円卓でボッカの駒を模した黒曜石の置物を前に、暗澹たる思いに胸をふさがれていた。

(私が指そうとしたのはドールの禁じ手だというのか？)

肩に手を置かれてはっとする。

「ハゾス・アンタイオス、ずいぶんこわい顔をしておるぞ」

フリルギア侯だった。皇帝家の血筋にこだわる典範主義者だが、ハゾスに向けるまなざしはおだやかだ。

「大帝陛下が臣下に明言なされようとしたお気持ち、また貴殿の信念が、ケイロニアを思う心から発していたと私にはわかっていた。グイン陛下を皇帝に選出することには同調出来ないが、グイン陛下に一代限りのケイロニア国王という権威を授けた典範委員の一人として、十二選帝侯の心を束ねる方策をさがすことは吝《やぶさ》かではない」

「すまない、ダイモス。しかしまさか、国と民とを力付けようという目論見が、ケイロニア独裁を勘ぐられるとは思いもしなかった。ダナエ侯の真意をはかりとれなかったのも私の失敗だ」

会議前にダナエ侯と密書をとりかわしていたハゾスは深くうなだれる。

「ハゾス、あれは——亡くなった者を悪くいってもいかんが、とうてい常人の目ではなかったぞ。タリッドのライウスという男だが、妄想を巷にまきちらす風狂だろう。選帝侯たる者が下賤の流言に毒されるとは嘆かわしい。売国妃騒ぎの時にも感じたが、誹謗中傷を頭から信じ込む者は、真偽を見定める力を欠いた、識者からほど遠いやからなのだ」

「ダイモス、亡くなる直前のダナエ侯はまるで何かに取り憑かれているようだった。ダリウス大公のことを思い出させられたよ」

「ダリウス大公が取り憑かれていたのは、皇位簒奪という悪しき夢だ」

フリルギア侯は吐き捨てるように云った。

「それはその通りだが、私は黒死病の流行があってから、この世には理と知では解き明かせぬ現象があり、また捕らえて罪科に処することの出来ぬ下手人がいるのではないかと思うようになったのだ」

「大ケイロニアの宰相がそんな気弱なことを云いだすとは——ハゾス、やはり貴殿は疲れているのだ。グイン陛下がおっしゃる通り、少しの間でもいい、客間のひとつで体と頭とを休めるべきではないのか？」

「陛下が出陣されておられるのにか？　この間にもケイロニアの一角でゴーラと開戦の烽火《のろし》があがるやもしれぬのだぞ」

「……グイン陛下は」ローデス侯ロベルトがためらいがちに話に入ってきた。「出来るかぎり開戦は避けるとおっしゃられました。陛下は何より平和を愛するお方です。たとえ相手がイシュトヴァーン王でも話し合いによる解決を第一にお考えのはずです」

ゴーラとの和約は、パロ国交と並んで重要なグインの対外政策だった。そのためアンテーヌ侯アウルス・フェロンを和平使節に差し向けてもいる。しかし、戦場において魔戦士と呼ばれるカリスマめいたイシュトヴァーン王が、ハゾスには死肉食い《ハイエナ》のように感じられるのはたしかだった。

（やはり案じられるのはワルスタット……）

そのハゾスの目に、円卓の上の剣と林檎《シルア》の紋章がはいった。ワルスタット侯ディモスからの親書だ。使者から受け取ってそのままにされていたのだ。

ハゾスは書状を手にとり封緘《ふうかん》をやぶった。

そして――

驚きから呻きそうになる。選帝侯会議に向けディモスが書き送ってきたのは、「グインへの不信任票」であったのだ。

信じられなかった。事前にとり交わした密書では、「グインを次期皇帝に！」と力強く表明していたのだ。

書状は本物なのだろうかと疑って見直したが、筆跡はまちがいなく親友のものだ。

その時ハゾスのうちに過《よぎ》ったのは、パロからの使者の暗いふきげんそうな顔と、一つの疑いだった。

その疑いを否定するには、ハゾスの神経は度重なる異常事態によって細り過ぎていた。

（まさか、ディモスもダナエ侯のように誰かにそそのかされ、翻心させられたのでは……）

おのれの思いつきに激しく震撼した。

＊　＊　＊

黒曜宮の外宮にある研究室にも不眠不休ではたらく者の姿があった。

研究室の一面の壁は薬剤のビンで占められ、別の側には実験用の小動物を入れる檻がたくさん積み上げられている。

毛なしトルクの檻の前に立つ者は、黒曜宮でも一、二をあらそう変わり種、豹頭王の精巧な面《マスク》をつけた青年薬師だ。ケイロニアの英雄の威を借りているが、長い寛衣につつまれた身はひよわそうな感じがする。

「ニーリウス君」

研究室を訪れた者は、ひいらぎの柄の緑のチュニックに医師のしるしの丸い帽子をかぶっていた。カシス医師団をひきいる医師長のメルクリウスである。

「新薬の件で君が気落ちしているのではないかと思ったが老婆心だったな」

「大丈夫です。また母が心配して師に相談を持ちかけたのでしょうけれど……」

「そうか、よかった。心配したのは母上のマルスナ師ではなくわたしなのだがね」

ニーリウスは重態の大帝陛下を救おうと強心剤の開発につとめていた。新薬は動物実験にはこぎつけたが、生存率がきわめて低く、大帝の主治医カストール博士から「実用《カルモン》にはほど遠い」と云われていた。

「以前のぼくなら、パロの血をひくので信用されないのだとふてくされ、カストール博士を恨んだでしょうが、立派な人柄だということはわかってますし、博士もパロのご出身だとうかがいましたから」

「そうだ、黒曜宮においては、異国の血をひいているからといって、すぐれた技術や正しい心根の持ち主が差別されることはない。それは豹頭王陛下という偉大な例に証明されていると思うぞ」

「はい。今のぼくがなすべきなのは、薬の毒性を弱める方法の究明だとわきまえています」

「カストール博士は打ち明け話におっしゃったよ。ニーリウスの名はカシス神殿の学生の頃から聞いている。その才知に疑いはいれていない。研究者の未来に貢献するためなら、協力を惜しむものではないが、大帝の玉体ゆえ慎重にならざるを得ないのだと」

メルクリウスは仮面から覗く焦げ茶色の目をじっと見つめていた。

「身に余ります……」

仮面の薬師は感激に言葉を詰まらせる。

「そうだ、君の新薬が大帝陛下のお役にたつことを私もカシスに祈っている。医学《カシス》の道とは、諦めず続けるかぎり尽きない。くじけずに、われらと共に、グイン陛下とケイロニアのため働いてほしい」

「ありがとうございます」

深く頭を下げるニーリウスの胸には、若い研究者の情熱と決意とがあった。

（大帝陛下のご容態は予断をゆるさない。ぼくを登用して下さった豹頭王陛下の義理の父上のために、一日でも一ザンでも早く薬を完成させねば！　いっときも休んではいられない）

仮面からのぞき見える青年薬師の目のまわりは、黒々とした隈にふちどられていた。

2

ワルスタットへ、ワルドの森へ――。

イトスギとモミの木立の中を、豹頭王率いる軍馬の群は猛然と駆けぬけてゆく。街道沿いの丘陵地に果樹を育てる民は、こわごわと首を伸ばして、三千の騎馬のゆくえをうらなう。

グインの「生ける兵器」――竜の歯部隊が、状況に応じみごとな動きをみせるのは毎度のことだが、アンテーヌ騎士団の馬術と統制は、グインに内心（ほう）と思わせるものがあった。アンテーヌは海を擁し、アンテーヌ騎士団と云えば海軍と云われるほど、海戦に重きを置いており、騎馬の戦いには劣るというのが通説になっている。だがアランがひき連れてきた騎士たちは、アトキア騎士団の馬をたくみに乗りこなし竜の歯部隊にも遅れをとっていない。

イルティス男爵率いる二千騎は、先頭二つの騎士団に比べ伎倆の差が歴然としていた。しんがりを命じられなくても後方から追いかける展開になったろう。しかもイルティス隊の鎧と兜は旧式で重い。竜の歯部隊とアンテーヌ騎士団の鎧は、鋼の装甲に革を組み合わせることで軽量化を図り、馬の負担を軽くしていた。

緊急の際である、グインにイルティス隊に合わせてやろうという気持ちはなかった。ワルド砦からの報告には、ゴーラ兵が領民を殺めたというものもある。真実ならゆゆしいことだ。一刻も早くその場に至り、真偽を確かめた上で、必要とあらばゴーラに制裁を下さねばならぬ。

この時代の中原に国同士を調停する法は存在しない。

パロ内乱で、亡きアルド・ナリスが、キタイの竜王と魔王子アモンによる傀儡国家を打倒せんと新勢力を立ち上げた時に、最も悩んだのが各国の思惑と世論であったという。グインは内乱に身を投じて、クリスタル・パレスのヤヌスの塔に入ったことで記憶の一部を失ったが、後に情報として知り、稀代の天才の考え方に共感をおぼえた。アルド・ナリス、この時代最高の知性と協力しあえば、パロとケイロニアだけではなく、クムや沿海州諸国、ゴーラ王国をも巻き込み平和会議を設けることも夢ではなかったかもしれぬ。

しかし今やパロにアルド・ナリスはなく、公妃であったリンダが遺志を継いでパロの女王の座についている。

グインがこの世界に現れた辺境ルードの森で、はじめて会った、銀色の髪とスミレ色の瞳をもつ美少女が、中原に三千年つづく魔道王国の統治者になったのだ。

そして、その辺境でグインと冒険を共にし、ノスフェラスの荒野では背中を合わせ同じ敵と戦った、若き傭兵もまた自分の国を手に入れた。そのゴーラ王イシュトヴァーンが、ついに鉾先をケイロニアに向けてきたか――？

グインはサイドン城を出る前にサイロンへ伝令を飛ばしていた。ゴーラの侵略行為には最大の警戒と威嚇が必要だと考え、黒竜、金犬、白象、金羊、白虎、白蛇、飛燕、金狼、金猿、金鷹、白鯨、銀狐、十二神将すべてに出陣の命令書をしたためていた。

（イシュトヴァーンは野望という黒魔道に魅せられているのかもしれん。そうであれば、かつてえにしがあった者でも容赦はせぬ。わが国に軍を進めようとするならば殲滅しても阻む）

国境侵犯への瞋恚と施政者の冷徹を胸に、グインはケイロニアの大地を南下していった。

＊　＊　＊

サイロンの北東、光が丘なる星稜宮《スターランドパレス》、その奥の間である。

「オクタヴィア殿下をお呼びしろ、至急だ」

小柄な白髪の医師はかたわらの助手にきびしい顔を向けて云った。

この老医師こそが、宮廷医師長にして、アキレウス大帝の主治医カストール博士である。夜も昼もなく大帝の治療にあたっていたが、この日のルアーの四点鐘が鳴ったその後、昏睡中の大帝に変化が訪れた。心の臓が強く打ちはじめ、始めは好転のきざしかとも思われたのだが、しばらくすると脈打ちが大きく乱れだし、二ザンの間ありとあらゆる治療がほどこされたが効果はなかった。

「お脈がかなり弱まってきておる。今夜が峠になるかもしれぬ」

カストール博士は額に垂れ落ちた髪をかき上げつぶやいた。元は半白だった髪は、大帝の治療に専念する間にまっ白になっていた。

オクタヴィアはすぐにやって来た。

というのも父思いの彼女は、大帝の病室のある奥の間のちかくに居間を移し、マリニアと遊んでやる時と厨房に入る時以外は、その簡素な部屋にこもって小さな祭壇にまつったサリア像に祈りを捧げていたからだ。雪花石膏で作られた女神像に亡き母ユリア・ユーフェミアをかさねて、家族の無事をひたすら祈りつづけていた。

その日も祭壇に向かって父帝の回復と、選帝侯会議がグイン擁立でしめくくられることを祈っていた彼女に、会議が狂瀾のうちに幕を閉じ、グインは今ワルスタットへひた走っていることを知るすべはない。

「お父さま……」

オクタヴィアは入ってくるなり、今までと違う病室内の空気に深刻な事態を察した。カストールの皺ぶかい顔には、生と死を見つづけてきた者の厳粛さが湛えられている。

「手は尽くしましたが、後はヤーンの御手にすがるばかりです。これも私の力が及ばなかったがため、面目次第もございません」

皇女に白髪頭を深々と下げる。

「博士、頭を上げてください。博士の手厚い治療を受けて、父……大帝陛下は満足されていたにちがいありません。苦い薬を嫌がったり、云いつけを守らなかったり、わがままな患者でしたけれど、カストール博士にはいつも心から感謝しておりましたのよ」

覚悟を決めたオクタヴィアだが、青い目はぬれぬれとした光に揺れている。

「オクタヴィア殿下……」

カストールもまた灰色の目を潤ませていた。

オクタヴィアは病床の父をじっと見つめた。年端もいかない頃にむざんな母の死に遭ってから、この世のどんな地獄を見せられても動じまい、どんな運命にあっても毅然と立ち向かうのだと自分に云い聞かせてきたが、父親の臨終の際にはまた違う気構えが必要だった。

アキレウス・ケイロニウスは、巨大な獅子の国の唯一人の皇帝なのだ。獅子心皇帝亡き後のことを考えれば、親に逝かれる悲嘆にくれるだけではいけないと思う。一人の女がひきうけるには重すぎる覚悟が、彼女のうちに激しい情念を——イリスという焔をよみがえらせた。

「お父さま、大帝陛下——」

オクタヴィアは父帝の枕元にひざまずき、力なく伸ばされた手をにぎりしめ、嗚咽をこらえてささやきかけた。

「ご遺言を——あなたの娘オクタヴィアに、大帝陛下のご遺言をお聞かせ下さいませ」

今も昏睡状態にある大帝に、心の声をもって訴えていた。

（どうか、おっしゃって下さいませ。ケイロニア皇帝を継承するにふさわしい人物はグイン陛下を措いてほかにないと！）

＊　＊　＊

グイン率いるゴーラ討伐の混成部隊は、陽《ルアー》が落ちきらぬうちに赤い街道をタヴァンまで来ていた。タヴァンはワルスタットの北にある城砦都市である。ここからワルスタット城を経由しワルド砦までの街道は、馬車が並んで走れるほど広く整えられている。稀に商団にゆきあっても、むこうから馬車や、荷を積んだろば《コーコ》を道の片側に寄せてくれるので、部隊は邪魔だてされることなく先を急ぐことができた。

そうしてワルスタットの領内に入って半ザンも経たぬうちだった。

愛馬フェリア号の鞍上にあって、グインは奇妙なものを目にうつした。

それは一匹のちいさな蠅《ブンブン》だった。それが馬の首の横の空中に留まっている。疾走するフェリア号と同じ速度で飛んでいることになる。

豹の後ろ首にチリッという、あやしい存在と遭遇した時の感覚が走った。しかし不快げに髭をふるわせただけで、愛馬の手綱をゆるめはしなかった。

（わしの声を無視するつもりか、グインよ。大事なことを云い忘れたので、わざわざ追いかけてきたのだぞ）

声は直接、頭の中に送りこまれてきた。

グインはそれも無視した。常の十分の一ほども邪悪の気を感じなかったからでもある。今回は行く手をさえぎったり、悪意を仕掛けてはこないようだ。――闇の司祭グラチウスは。

（おぬしのことだ、聞かぬふりをしていても、それが重要だと判断すれば、豹の頭にしかと刻みつけることだろう）

黒魔道師が魂をおろしたブンブンの話を聞かされながら、豹頭王は平然と馬を走らせていた。

（フフフ、部下どもの手前では平静をとりつくろっておるようだが、先ほどのことがかなり堪えておるな）

グインでなくばブンブンを剣で叩き落としただろう、それほど厭らしい心語だった。

（云っておくが会議が荒れたのはわしの画策ばかりではないからな。蟻の穴に水をそそぎ入れたぐらいだ、わしがしたことはな。フォッフォ）

（ライウスの話を鵜呑みにした上、ドールの十三番籤をひきあてた愚か者などどうでもいいことだ。問題は毒を塗った者をつかわしたやからよ。わしも、おぬしによって企みを微塵に砕かれた竜王が、かくも短い間に復元しおおすとは思わなんだが、思いもよらぬ特別なしかけがあるのかもしれぬ。今回のキタイの動きには特異なところが見受けられる）

キタイの名がグインの髭をぴくりとさせる。

（おぬしならすでに感じているだろう？　なにしろこの中原でキタイの竜王の本体と対峙したのは、あの《ドールに追われる男》の他にはおぬしだけだ。いや固陋《ころう》なイェライシャなど、どうでもよい。おぬしだ！　おぬしという存在こそすべての鍵なのだ。この箱庭を作り替えるしても、滅ぼし消し去るにしても——）

それはドールの司祭がくり返しグインに云いつづけて来たことではあった。

「俺は国を滅ぼしたりはせぬ。俺のつとめは国をおびやかす者と戦い退けることだ」

グインは声にして云った。

（そうか？　まことそう思っておるのかグイン。わしは疑ったことがある。おぬしが、身体と知能は大人だが、ひり出されたばかりの赤子とさして変わらぬありさまでルードの森に倒れておったのは、何かの罰を受けたからではなかったか？　記憶を抜きとられ、異郷に追放される——これほど人として尊厳をはぎ取られるむごい罰もあるまい。それほどおぬしが犯した罪は深かったのだろうか、と思いはかったのだ）

「なんだと——」

（おぬしという存在を触媒にして得られるエネルギーの総量は小さな銀河宇宙をもしのぐ。それゆえ、わしも、はるか彼方の故郷からこの世界に落とされた一族の末裔にして集合体の主である竜王も、おぬしを手に入れようと全精力を注いできたのだ。それはつまり、おぬしの力をもってすれば、中原どころか全世界征服もたやすいということだ。——おぬしにチチアの寵童《ちょうどう》上がりほどの野心があればな。しかしおぬしは皇帝の座も覇道も求めはせぬ。おぬしが心をうごかされるのは、パロのちっぽけな真珠や、雌鳥皇女や、歌うたいの愉快なひばり——かよわい者が危難に遭ったときだ。助けをもとめる者を前にすれば、おぬしはいかなる時も救いの手をさしのべずにいられぬ）

グインは黙って馬を走らせつづける。

（なぜであろうとわしは考えたのだ。おぬしの情け深さはどこからくるのであろうかと。——グイン、この世界で最も重い罪とはなんであろうな？　サイロンの民なら人一人殺めただけで重罪に問われるだろう。斬首になるかもしれぬ。しかしこれがひとつの都、あるいは国、国よりも巨大な共同体を滅ぼした罪人なら、課される罰はどれほどだろう？　いくたび死刑を執行されても足りぬのではないか。のお、そのような罪があることを考えてみたことはないか？）

「……………」

（さすがに豹頭王でも答えには窮するようだな。このたびの売国妃騒ぎで雌鳥が冤罪を負わされたことを考えあわせてみると大いに皮肉だな！）

この時、羽音《ブンブン》がいちだんと喧《かまびす》しくなった。

（わしは、おぬしの時空を破壊するに足る超エネルギー、それ自体が罪だったのではないかという考えに至った。超絶の力の使い方を誤ったがために、数百か、数千億かのはかない命を奪ったやもしれぬ。記憶をなくしても、その罪悪の意識は消えさらず、おぬしの心奥に根を張った。——ケイロニアの英雄が痩せっぽちの雌鳥などにかかずりあった、それが理由ではなかっただろうか、愛情などではなく、刷り込まれた行動の規範に過ぎなかったのではないか？）

グインは何も云わなかったが、豹の目には凄惨な光がやどされていた。

（——以上のことは、わしの推論——いやおぬしという存在について考察をめぐらした分析の結果だ）

（分析とやらいうおまえの御託を聞いているいとまは俺にはない）

グインは心のうちに吐きすてる。

（いや、本題はこれからだ。急所をえぐられた痛みにけなげに堪える豹を労ってやろうと思い、親切にも行軍の先にあるものを教えてやろうというのだ。この度のゴーラの伏兵は、会戦どころか、外交問題にもならん。罠とさえ云えぬ。しいて云うなら、おぬしをサイロンの七つの丘からひきはなす囮《おとり》であろうかな）

信じがたい情報に豹の目は鋭くほそめられる。

（ここでおぬしに重大な予言をしてやろう）

黒魔道師が予言者のまねごとをする意図は知れなかった。豹はただ耳を傾ける。

（今まさに巨星が墜ちようとしている。もうあと一ザンせぬうちにケイロニアは大空位の時代を迎える）

「なんだと！」

不吉にして不敬きわまりない予言に、グインは牙を剝き出し声を荒らげる。

「グラチウス、それは新たな罠だな？」

闇の司祭は豹の憤りに取り合わず、おのれの考えを滔々と語りきかせるようだ。

（おぬしは、自分がこの世界にいかに大きな影響を与えているのか気付いていない点では、ひよっこの選帝侯とさしてちがわぬ若輩だ。それも責められぬか。おぬしがこの世界に現れ、人と人の間にかようもの――心というものに触れまなぶようになって十年を越えていないからな。だがグインこれだけは肝に銘じておくがよい。おぬしは箱庭の住人どもに成功と繁栄をもたらす反面、悲惨と死も引き寄せずにおかぬ。ケイロニアに光と共に闇をもたらす存在なのだとな）

呪いともつかぬせりふを吐くと、羽音と共に心話もまた消え去った。ちっぽけな傀儡は、魔道師の魂がぬけだすと、たちまちのうちに馬に抜き去られた。

グインは手綱を操りながら後方をかえりみた。サイロンの七つの丘のひとつ光が丘なる――義父アキレウス大帝が闘病する離宮の方角を――。

すでにタヴァンから十モータッドの地点まで来ていた。ササイドン城に駆けもどるだけで二ザンはかかるにちがいない。

（まことのことなのか、あと一ザンで、わが父の命は……）

トパーズ色の目に狼狽と惑乱がはげしく交錯していた。

＊　＊　＊

星稜宮の奥の間で、アキレウスの闘いはつづいていた。

カストールとカシス医師団の助手たちは最後までさじを投げなかった。かれらもまた歴戦の勇士にちがいはなかった。心の臓をさする手をいっときも休めず、臓器のはたらきを高める薬草をひたした純水をほそい管で滴下し、病室の外で祈りを捧げる祭司の喉は嗄《か》れ果てて血をながした。

懸命な努力はヤーンのさだめた糸をすらひき伸ばしたのかもしれない。――グラチウスの予言した時刻をすでに半ザンと四分の一過ぎようとしていた。

枕元には医師たちの他に、オクタヴィアとマリニアが付いていた。

マリニアの守役をつとめていたトールからは、「マリニア殿下はまだ幼すぎます」と止められたが、オクタヴィアは病父の手を握って云った。

「この子に家族を看取るということを教えたいのです。あれほど可愛がってもらったじいじさまが病と戦っておられるのですから」

マリニアは始めこそ、祖父の常ならぬようすにおびえていたようだが、病室内の張りつめた空気を感じとったらしく、幼い顔をひきしめ、母のかたわらにおとなしく跪いた。

マリニアが臨終の祖父をこわがらないで見つめているのを、オクタヴィアは誇らしく感じた。

(女帝の座につくことはなくても、この子は立派に皇帝の血を継いでいるわ。勇敢で、情愛が深い……まぎれもなく獅子心皇帝アキレウスの孫娘なんだわ!)

そうしてオクタヴィアは心で語りかけた。

(お父さま、このけなげな心やさしい娘のためにも、ケイロニアの統治者をどうかお告げになって下さいませ)

オクタヴィアの胸のうちには、皇帝家に生まれた者だけの複雑な思いがあった。

ケイロニア皇帝という巨大な星のめぐりに引かれ不幸になったのはシルヴィアだけではない。母のユリアも、ユリアを憎んだマライア皇后もそうだ。マリニアをそのような不幸にあわせてはならない。

母親としての思い、皇帝家の一員としての思い、そしてケイロニアを愛する剣士イリスとしての思いが、父を励ます手の手のひらに熱をいっそう帯びさせる。

しかし——

（いやだわ、なぜこんな時思い出したりするのかしら）

母ユリアをむざんに殺め、幼い自分をあざむき、成長してからは皇位簒奪劇にひきずりこもうとした叔父のダリウスを思い出したのだ。オクタヴィアは、マリウスと恋に落ち、それ以前にグインにさとされ、偽りの皇太子としてより一人の女として生きようと皇位簒奪者の陰謀から抜け出たのだ。シルヴィアの母マライアもダリウスと通じなければ悲劇に落ちなかったのかもしれない。ダリウスは、英名果断な兄への嫉妬から、おそろしく歪んだ心を持つに至った。

（ダリウスにはドールの地獄こそお似合いよ。——お父さまはちがう）

オクタヴィアは胸のおくで否定した。

その時、響いてきたのは、イリスの刻を告げる鐘の音だった。医師の手元がくるってはいけないので、病室内は陽《ルアー》が沈むとすぐに灯りがつけられたが、すでに離宮は黄昏におしつつまれていた。

（このままお父さまはドールに連れ去られてしまうのだろうか）

物悲しい気分にとらわれた時だった。

「……ユリア、ユリア・ユーフェミア」

病父がうわ言で母の名を呼ぶのを今まで何度も耳にしたが、

（今は、だめ。――お母さま、どうか、貴女の愛する男性を連れていってしまわないで！）

「お父さま、ちがいます！　私は娘のオクタヴィアです」

「……ちがう？　ユリアではないのか？　オクタヴィア……？」

アキレウスの声音がほんのわずかだが変化した。

その時、オクタヴィアが握っている手の上に、ちいさな柔らかな手が重ねられ、老人の痩せた腕をさすりだした。

そして――

「……じ……ぃ……じ……」

オクタヴィアは、マリニアが自分なりのやり方で、愛する祖父を黄泉から呼びもどそうしているのではないかと思った。

「……マリ……マリニア……」

苦しげな声がしぼりだされた。カストール博士は滴下の管をはずした。

「……じぃ……じい」

「マリニア」

愛孫の名を呼ぶ声がはっきりしたものになった。それに呼応するかのように、耳の不自由な姫君の言葉も明瞭になってきたように、その母親の耳にはきこえた。

「じいじ！」

「マリニアか……」

ついに大帝の瞼が上げられた。幼い愛おしい顔を見て、老いた獅子はかすかにほほ笑んだようだった。

オクタヴィアは奇跡が起きつつあると感じ、このつかのまに賭けようと大帝の耳もとにささやきかけた。

「お父さま――アキレウス陛下、ケイロニア皇帝として云いのこされることはございませんか？　マリニアのためにも！」

「タヴィア……」

カストールの指示によって心臓の摩擦が止められた。

アキレウスはひどく苦しそうに見えたが、ドールの誘いをはねつけ、亡き情人の甘美な抱擁すらふりほどき、獅子心皇帝の崇高と英明をしめそうとしていた。

ヤーンに残された命をしぼりつくすようにして大帝の遺言はなされた。

「ケイロニアをたのむ、ケイロンの剣、イリスのなみだを………」

さいごの言葉はもはや声になっていなかったが、老父のくちびるに刻まれた意思をオクタヴィアはしかと受けとったと思った。

病床に力なく置かれた手の脈をとり、カストールが厳粛に告げた。

「ご崩御あらせられました」

オクタヴィアは美貌を涙でよごしながら、落ち着いた声音でこたえた。

「まことに、ご立派な……獅子心皇帝陛下らしい、ご最期でした」

何人かの医師が嗚咽をこらえる中で、未だ生者と死者のくべつがつかないマリニアはじいいじの腕をさすりつづけていた。

3

しめやかな鐘の音が、風に乗って、夜闇の降りたサイロンの下町にまでつたわってきた。

「あの鐘は、お葬式のときの鳴らし方だねえ。ずいぶん遠いようだけど」

夕食の後片付けをしていたロザンナがつぶやいた。

「お葬式？」

家事を手伝い皿をしまっていたルヴィナが聞きかえした。

「そうだよ、お葬式――亡くなった人を偲んでするお祭りのことさ。お祭りにはね、楽しいのと、悲しいのとふた通りあるんだよ」

ロザンナがわざわざ云いなおしたのは、記憶のないルヴィナをおもんぱかったせいもあるが、夏祭りの季節が近づいているからでもある。

毎年の夏祭りをサイロンっ子はそれは楽しみにしているのだ。冬が長くきびしい北の都の人々にとって待ちに待った季節の到来であり、ルアーやカルラアやサリアの神殿をはじめとするヤヌス十二神すべての神殿において、華やかな祭りの準備がはじめられる。それもたいそうな見ものだが、神殿の敷地のうちや周辺に、祭りにやってくる人々をあてこんだ市が立ち、その上さらに露天商や、吟遊詩人のキタラ弾き、大道芸を披露する者、あやしげな薬売りなど香具師《やし》たちも集まってきてにぎやかな雑然とした空気が醸し出される。その空気を吸うのもサイロンっ子の一年一度の楽しみだった。

「サイロンの夏祭りは中原一さ。思い出すだけで体が熱く浮き立ってくる。あたしの年じゃ踊りを踊ろうって誰かに申し込まれることもないけどね」

笑いながら云うロザンナだが、かつて夏祭りの女王を決める催し《コンテスト》に出場したことを思い出していた。その時は、カラム水の茶屋の娘に負けはしたが、準優勝になっているのだ。

前年——猫の年は黒死病という災厄に見舞われ、どの神殿も祭りどころではなかった。その黒死病の翳も去った。失ったものは戻らず、復興はまだまだ途中だが、せめて気持ちだけは明るく持ちたい、そのための祭りだと心に期する者も少なくなかった。

ただしサイロンの市長は保守的な人物で、暴動で神殿が打ち壊されたことや、大帝陛下の病が篤いことを理由に、自粛をすすめているらしいことも伝わっていて、祭りの開催はヤーンのみぞ知る状態である。

ロザンナはルヴィナに云った。

「あんたも、ふだん家にこもりっきりなんだし、この機会に神殿に詣でたらいいよ。祭りは特別なんだ。気分がかくべつ華やぐことうけあいだよ」

「夏祭りと云えば――」ユトが横入りする。

「あの男ぎらいのタニス先生に踊りを申し込んだ勇者というか――風狂の徒がいることを知ってますか？　ロザンナさん」

「えっ、知らないよ。くわしく教えとくれよ！」

「ちょうど当人たちがいませんしね」ユトはにやりとする。

タニスは市長の奥さんに往診を頼まれ、ユーリィは親切にもその送り迎えを買ってでていた。

「ユーリィさんですよ。僕に打ち明けてきましたよ。小柄なのと、頭が回って弁が立つところが好みにあうんだそうです。まあ、僕は十中十ふられると思ってますが」

人を見る目に自信があるロザンナは深く同意する。

「ユーリィもつくづく女運がない男だね」

「女運がないって……？」

ルヴィナが聞いた。

「話したことなかったっけ？　ユーリィは騎士団で働いていたとき、上役のお嬢さんに片想いをしてね。身分ちがいの恋ってやつで……うまくいかなかったんだ。そのお嬢さんは伯爵さまだかにお輿入れしちまった」

「身分ちがいの恋……」

ルヴィナはぼうっとした表情になってつぶやいた。

「……ヨーム《めだか》とガトゥー《くじら》」

何も考えずに云ったようだが、その諺の意味——あまりにも違いすぎた男女は一緒になれない、たとえ結ばれても不幸になる——が解って云ったように、その時のロザンナには思われたのだ。

「あんた、もしかして、何か思い出したのかい？」

強い調子で問い質され、ルヴィナは戸惑った表情をうかべ、ちょうどそこにはいって来たアウロラの左腕をつかんで、その後ろに——隠れるように——回り込んだ。

「いったいどうしたわけだ？　……ルヴィナさん？」

アウロラに訊かれても、ルヴィナはもう何も云わない。

「夏祭りのことを話してたんです。サイロンの祭りは中原一だって」と、ユトが云う。

「そのようだな。しかしサイロン市長は自粛の意向でいるらしいし、聞くところによるとドール神殿を除く十一の神殿はどれも祭りの費用に渇しているそうだ。開催はむずかしいのではないかな？」

「アウロラさんは考え方が固いねぇ」

ロザンナの関心はアウロラに移った。

「ケイロニアの娘さんでもあんたほど生まじめというか——色気がないのはめずらしいよ。あんたが夏祭りの女王に立候補したら、男からも女からも票が集まって優勝まちがいなし。票の数だけかさねられるローリアの葉の冠がそりゃあ立派でひきたつだろうに！　もったいないと思うよ」

「いや、わたしは夏祭りの競技会《コンテスト》に出場したいと思っていないので……」

アウロラは下を向いて、語尾をぼそぼそ云う。

「アウロラさま！　アウロラさまが冠をかぶって下さるなら、この僕がローリアだろうがイトスギだろうが根元からひっこぬいて、葉を全部むしってさしあげますよ」

主人への盲愛をあらわにするユトに、ルヴィナは鼻白んだような顔を向ける。くるみ色の目には複雑な光があった。

そこへ——ユーリィとタニスが連れ立って帰ってきた。

二人のようすに当然みなが期待するような進展はうかがえなかった。むしろいつもより固い表情でいる。

ユーリィが重々しい口調で云った。

「市長さんとこに早馬で報せが来てたんだ。ついに来るべき時がきてしまった……。ケイロニアの皇帝陛下がお隠れになったそうだ」

その時——
ルヴィナがまっ青になったことに、アウロラも——その場の誰も気付けなかった。

＊　＊　＊

「これはまったくもってゆゆしき、最も怖れていた事態になったぞ」

フリルギア侯ダイモスに云われるまでもなかった。星稜宮から大帝崩御の報をうけとったハゾスは胸中に苦悶の声を漏らしていた。

（まさか、これほど早くとは……。畏れ多くも獅子心皇帝の崩御を憂慮しササイドン会議を主宰したのは、グイン陛下の皇帝擁立を期すればこそだった。しかし選帝侯の総意をとれぬまま、今や会議再開のめどさえたたぬ）

皇帝の座が空白となり後継者もいまだ決まっていない。フリルギア侯は建国この方なかった不肖の事態を指摘したのだった。ケイロニア宮廷が何より懸念する事態を、このササイドン城で知らされるとは……なんというヤーンの皮肉であろう。

グインが皇帝に選出されてさえいれば、と考えれば悔やんでも悔やみ切れないが、中断地点から会議をグイン王擁立に向け動かすのには、やっかいな風評を打ち消した上で、さらに明白な大帝の遺言を選帝侯に提示する必要があった。

（しかし、このように施策に心を千々に砕かれ、剣を捧げた主君の死をしずかに悼むこ

ともままならぬとは)

ハゾスは宰相の身を呪わしく感じさえしたが、この後に控える大喪の典礼のだんどりに思考が及ぶのは文官の本能のようなものだった。

そして——決断を下す。

「ダイモス、私は決めたぞ。ササイドン会議は今この時をもって解散とする。すべての選帝侯を議場から解放し、随意に星稜宮へ弔問できるものとする」

「おお」

「ただし、私はササイドン城に残り、グイン陛下をお待ちする。陛下こそ真っ先に星稜宮に駆けつけるべき方なのに今はそれもならぬ。せめて私がお待ちせねば申し訳が立たぬ」

「ハゾス、本会議はオクタヴィア様の皇位継承権を見直せたほかに成果はあがらなかった。貴殿には残念な結果だったと思うが、あえて潔く解散を宣言するのはよいと思うぞ」

「いや、ランゴバルドの人間はあきらめが悪いものなのだ」この時ハゾスが思い描いていたのは、訓練で何度転んでもあきらめないリヌスの姿だった。「それに今はまだ非常時だ。ダナエ侯暗殺の下手人のこともある」

マローンたちからは毒使いの口を封じたのは魔道の手先かもしれないという報告を受

けていた。もしこの事件に黒い翳がかかわっているなら、ササイドン城のうちでも安心できない。

「選帝侯の各人が無事に光が丘に到着するまで真の会議終了とは云えぬ」

「これで――大帝陛下のもとに戻れるのですね」

そう云ったロベルトのほっそりした顔は、泣きつかれた子どもよりも頼りなげだった。

「大帝陛下を看取る機会をあなたから奪う結果になってしまった。すまない」ハゾスは詫びた。

「これもヤーンの思し召しでしょう。宰相殿が心を痛めることではありません。ただ……あまりにも急だったので、悲しいより信じられないという思いのほうがおおきくて……。この上は一刻も早く大帝陛下にお会いしたい――会わねば自分の身も心も泡沫《うたかた》と変わってゆく、そんな気持ちになりかけておりました」

ハゾスは、ローデス侯ロベルトのはかない白い面をみつめ、強い口調になった。

「ロベルト、あなたが何を考えているかわかります。しかし今はそのときではない。せんに私が打ちひしがれ、生きる希望を失いかけていた時に、あなたが宰相のつとめを思い出させてくれ正気にひきもどしてくれたのだ。こんどは私がいわせてもらう。あなたにはまだまだするべき務めがある。思い出してほしい、養子にだした私の次男アルディスを、次代のローデス侯に育てねばならぬことをも」

「……ハゾス殿」

ロベルトは感じとるものがあったように、黒いびろうどのような双眸をみひらき何度もうなずいた。それは黒蓮の夢からさめた人のようだった。

ハゾスがロベルトに向けた言葉は、そのまま自分自身へのいましめでもあった。

（それにまだ、星稜宮にはオクタヴィア様がいる。グイン陛下擁立の最大の支援者が。彼女が大帝陛下を看取られているのだ。重大な遺言を託されている可能性も考慮せねばならぬ）

打ちのめされ疲弊しきってはいてもハゾスの心の根はしぶとかった。政事にかける思いをそうやすやすと曲げぬことが施政者の本領かもしれなかった。

こうして選帝侯会議は解散の運びとなり、朝まだき、選帝侯たちは騎士団に守られてケイロン街道をサイロンへと上っていった。

＊　＊　＊

一方グラチウスに遭遇してのちワルド砦へ混成軍を進めたグインである。途中の道で砦の兵士から新しい報告をうけていた。

「――陛下、イリスの四点鐘が鳴る間際に、すべての敵兵が忽然と姿を消してしまったのです」

「兵の移動を見逃したのではないか？」

夜戦において伏兵に逃げられてしまうことは少なくない。

「イリスの光が鎧にうつって遠目にもよく見えていたんです。それが――イリスに雲がかかってから見失ってしまったんです」

別の兵士がこわごわと云った。

「魔道のしわざということは考えられませんか？　陛下」

「まず第一に伏兵がひそんでいたという森に入ってみる」

ワルド族の兵士は迷信ぶかく、魔道にからきし弱いようだった。案内をするのにも及び腰だ。

「おいらが案内します、その森に。ゴーラ兵は仲間のかたきなんだ」

仲間を惨殺されたという若者が名乗り出て、先頭に立って案内をつとめ、グインと騎士団はワルド山地からつづく森林地帯に分け入った。

時刻は夜明けにほど近い。

ものものしい軍団の通行におびやかされたか、山鳥のさえずりも心なしかおとなしかった。

イトスギとモミとブナ、南ケイロニアの森の木々は一年で最もさかんな季節を迎え、たくさんの枝が伸びさかり、おびただしく繁った葉が、馬から降り林間に分け入るグィンたち部隊の見通しを悪くしていた。

　予想の他の展開に、まったく動じたふうもなく大元帥と行動を共にしているのは竜の歯部隊のみである。進軍の時はあれほど統制がとれていたアンテーヌ騎士団だが、敵の姿が消えたことには拍子抜けを隠せずにいる。

　また、遅れてワルド城に到着したイルティス隊の中には、伏兵が消えたと聞かされたとたん意気が萎えたか、慣れない鎧を着て長駆した疲れからか、砦で休止を願い出る者もいた。その中にはイルティス男爵その人もいた。

　やがてルアーが昇り、鬱蒼とした森の中もかなり見通しがよくなった。

「この森はおいらの庭みたいなものです。鎧兜の姿が見えたのはこのあたりにまちがいありません。豹の王様」

　若者が示すあたりをグィンは無言で見つめていた。森はしずまりかえり、平和なたたずまいを見せている。

「やはり、魔道のめくらましをかけられたのでしょうか？」

　砦の小隊長が不安げに訊いてきた。

　その一方でアンテーヌ騎士団にはゴーラ兵相手に武勇を発揮する機会がないことで失望を浮かべたり、（伏兵なんかいないじゃないか、ワルド族め）と、まちがった情報を流したとして若者に冷視を向ける者もいた。

ゴーラとの戦端がひらかれるかわりに、騎士たちに不審の念をもたらす結果を招いていた。

グラチウスが注進してきた敵とは本当にキタイの竜王なのか？　しかしグインの鋭敏な感覚は、いまだ魔道めいたものをとらえていない。

と、トパーズ色の目がほそめられた。

木々の間を幾筋もの光の線がつらぬき、深い森の下生えにも光があたっている。その灌木の茂みにほそい獣道がつけられていた。草うさぎ《トーリス》や鹿が踏み分け出来た道だろうか？　グインは近寄ってじっくり眺め、折れた小枝を拾ったりした後で、ワルド砦の隊長に問う。

「ワルド砦に最も近い砦か城はどこだ、距離はどれだけある？」

「リュイエル城です。馬で一ザンほどの距離にあります」

グインは「そうか」と一言だけ云って、森の探索を終わらせ砦にとって返した。

砦ではイルティス男爵に迎えられた。冷やしたカラム水をとり、鎧に蒸れた体を汗拭きでぬぐったイルティスは生色を取り戻していた。

「陛下——ゴーラ兵が消え去ったというのはまことですか？　砦の者たちはグイン陛下のお力を怖れてイシュトヴァーン王は魔道の力を借り、すたこら逃げたと云っておりますが」

「イルティス男爵、そういうのを風評というのだ。イシュトヴァーンは敵ともなればおそろしい、また優れた戦士であるが、みだりに魔道を頼ったりはせぬ——少なくとも俺の知るかぎりは、おのれの鍛えた軍勢で地上戦をいどんでくる漢《おとこ》だ」

イルティスをたしなめながらも、疑念はトパーズ色の目を翳らせていた。

（まことにキタイはイシュトヴァーン・ゴーラに国境侵犯の罪をかぶせようと画策しただけなのか？　だが魔道によって映しだされた幻が森の灌木を折ったり、苔の上に足跡をのこすことはない。伏兵はじっさいに存在したのだ。だが五千もの兵がイリスに雲がかかった短い時間に消え失せたからくりが解らぬ）

すでにグインはリュイエル城に、カリスを頭とした竜の歯部隊を送っていた。カリスの報告を待つ間に、ワルド砦の隊長以下主だった者を集め、今後も警戒を怠らぬよう口頭でくわしく説明した。

ケイロニアの英雄から直接たまわる攻防の所説が、迷信におびえ戸惑っていた砦の兵たちの気持を落ち着かせた。グイン王を間近にすることで、前線の兵士は意気を高められ、背骨を入れ直されるのだ。

グインは、次に、案内をつとめた若者の仲間の骸《むくろ》を検分した。殺された者の太刀傷はどれもあざやかで、腕のたつ者に斬られたとしか思えなかった。

（むごいことをする、殺された者たちは戦《いくさ》と無縁の民であったものを）

狂王と呼ばれることもあるがイシュトヴァーンのやり方ではない。イシュトヴァーンの野望と狂熱は国盗りにのみ向くと信じ、グインはイルティスを諭したのだった。

リュイエル城から戻ったカリスが報告に来た。

「城の家令と話しをいたしましたが、不審な兵士などいっさい見ていないそうです」

「リュイエル城の規模はどれほどだった？」

「五千からの騎馬留めを擁する城砦です」

ワルスタット選帝侯の直轄であり、ワルスタット街道によってワルスタット城とつながっていた。

「そうか――」

グインはしばらく腕を組んで考え込んでいたが、その後で、もう一度隊長と中隊長クラスを呼び集める。

「竜の歯部隊五百をこのまま砦に駐屯させるので、今後は竜の歯部隊と連携しすべての事態にあたるようにしてくれ。おぬしたちが一身を奉ずるワルド砦は、永年にわたってケイロニアの南を守護してきた、わが国の重要な拠点である。国王として大いに期待している」

ケイロニア大元帥の激励の言葉を、辺境の兵士たちはいちように晴れがましい面持ちで聞いている。

「ありがとうございます、陛下。このような僻地の砦に心をかけていただき、直接のご指導をたまわり、感謝してもし足りないぐらいです」

砦の隊長も小隊長もグインに崇敬の目を注いでいた。迷信深いワルド族であるから、生ける軍神の恩恵にあやからせてほしいと、グインの腕や豹頭に触れたがったので、グインは許してやった。

ワルド砦でなすべきことを終えたグインが、休息も軽食もとらず愛馬に鞍を置いた時には、ワルド砦の者たちもイルティスも目を剝いて驚いた。

「すべての疑念が晴れたわけではないが、ほどなく十二神将騎士団も到着する。今後は金犬将軍のゼノンが全体の指揮をとることになる」

すでに指示は書きしたためられている。

「あの……陛下、私の身の振り方はいかに？」

「イルティス男爵はアンテーヌ騎士団と共にササイドンに戻って後、十二神将とワルド砦に残る隊の食糧補給を願いたい。ササイドンの塩漬けのイノシシの肉は絶品であった」

「はっ、陛下。お気に召していただき幸せであります！」

イルティス家の当主は深々と腰を折って辞儀をする。

戦場より食糧庫がにあう若者に、グインは馬上から大きく一度手をふってやり、草原の巨馬にムチをいれた。

ドールの司祭のもうひとつの予言――信じたくもない予言と向き合うためだ。

（まずサイドン城へ、重大な報せならハゾスが受け取っているはずだ。しかし――父上、俺は信じてなどおらぬ、ケイロニアの国父が死ぬなど。血のつながりのない異形の俺を、わが息子と呼び愛してくれたあなたの死など、俺はけっしてけっして……）

4

第六十四代ケイロニア皇帝アキレウス・ケイロニウスの死を悼む鐘の音が、サイロンを囲む七つの丘に、山の手地区に、下町通りに、無人のまじない小路にも染みわたるように鳴りひびく。

サイロンだけではない、すべての選帝侯領でも、皇帝の喪に服する――大喪の旬の始まりが告げられていた。

いにしえのケイロニア公国の時代のしきたりによると、大喪の典礼は四つの旬からなる。アキレウス大帝の崩御はヤーン旬なので次にくるルアー旬とで前半、後半をなすのがイラナ旬とイリス旬である。前半の二旬に葬儀、弔問、埋葬が行なわれ、後の二旬の間に遺言の発表、形見分け、後継者の決定がなされる。ケイロニア公国の時代には、典礼の期間に後継が定まらない場合次の治世によからぬ影響をあたえるとされたが、ケイロニウス皇帝家で後継が決まらなかったことはかつて一度もなかった。

しかし今、ケイロニア皇帝となる男子は皇帝家にいない。

宰相ハゾスによって世継ぎの皇女シルヴィアは生死不明のまま廃嫡され、唯一の後継者であるマリニア皇女を女帝に即位させるには懸念が多く、選帝侯たちによって認められたのはオクタヴィア皇女の皇位継承権のみ。

アキレウス・ケイロニウスの大喪の旬は、ケイロニア史はじまって以来の大空位の始まりでもあった。

「ありがとうございました。ロベルト様——なんとお礼を申し上げてよいか」

タリッドの慈善院の前で、院長は黒衣の選帝侯に深々と頭を下げていた。

「私はやんごとない方のお志しを継いでいるだけです。大帝陛下の御霊《みたま》はケイロニアの子たちの未来を今なお見守ってらっしゃるのです」

ローデス侯ロベルトは敬虔な面持ちで云った。喪装につつまれた細身はさらに痩せ、怪我のせいで足をひきずるようになっていたが、厳かで宗教的な印象はむしろ強まった。

慈善院は黒死病で親をなくした子どもたちを預かっていた。ロベルトは、ガティ麦や野菜や魚を——孤児たちが数ヶ月飢えずに済むだけの量を寄付していた。魚はナタール川でとれた鱒を新鮮なうちに漬け込んだ、ケイロニアの名産の一つである。

慈善院を下町に創設させるよう命じたのは生前のアキレウスだ。

大帝の寵臣であるロベルトは、いっとき生きる気力をうしないかけていたが、市政にたずさわるマローンから慈善院のことを聞いて、大帝の遺志を継ぐことを生きるよすがにしようと考え、おしのびで下町をおとずれ、孤児たちを励ましたり、その通った声でナタールの美しい伝説を諳《そら》んじてやるようになったのだ。

風が丘へは馬車でもどる。

あまり大仰でないその馬車を操っているのは、ローデスから連れてきた小姓である。騎士の護衛は付けていなかった。ダナエ侯の毒殺から、選帝侯たちは身辺警護に神経をとがらせていたが、ロベルトだけは以前にも増しておのれの身をかえりみなくなっていた。

それどころか――

ロベルトは馬車の窓を開けはなち、無防備なまでに群衆に身をさらしていた。かれはすぐれた聴覚で、蹄鉄や車輪の音がいりまじった中から、人々の話し声を拾うことすらできた。必ずしもそれは施政者の耳にこころよいものではなかったが、生の声を聴きとることも、アキレウスの遺志を継ぐことにつながると信じていた。

そうして下町通りをロベルトの馬車は先を急ぐこともなく進んでいた。

(女性《にょしょう》にしてはひくい声の持ち主がいる)

と思ったのは、屋台でまんじゅうを注文している者に対してだった。それほど鋭い聴覚を持っている。

そのすぐあとだった。

「こんなにおいしいの食べたの、あたしはじめて！」

ロベルトは驚愕した。シルヴィアの声だったのだ。

（シルヴィアさま。まちがいない、あれはシルヴィアさまのお声だ！）

ロベルトは御者のチトーに馬をとめさせると、扉が開かれるのも待たず、馬車を降りて声のしたほうへ行こうとした。

「あぶない！」

男の声がして、ロベルトの体はひきもどされた。その男は馬車に向かって怒鳴った。

「気をつけろ！——あんたのほうもだ。ここは往来だ。あんなでかい馬車が目に入らなかったのかい？」

ロベルトは往来の真ん中に出ていたのだ。

「だんな様、お怪我はありませんか？」

少し遅れてチトーが駆け寄ってくる。

「シルヴィアさまのお声が——あちらから」

ロベルトはチトーに指で指し示した。

「何をおっしゃいますか？」

忠実な小姓は主人が傷心から錯乱を来したかと疑っている。

「この近くにシルヴィアさまがいらっしゃる。お声がしたのだ。探しておくれ」

チトーの答えは無情だった。

「だんなさま、それらしき女人の姿など、どこにも見当たりません」

シルヴィアの声は往来のざわめきに食われてしまったように、ロベルトの耳にもとらえることはできなかった。


アウロラはロザンナに頼まれタリッドへ買い物に来ていた、ルヴィナを連れて。

ルヴィナはこの間からまた笑顔が消え、〈青ガメ亭〉の手伝いもせず、一日中部屋に閉じこもってぼうっとしていることが多くなった。アウロラは、心の病はささいなきっかけで以前の状態にもどってしまうことがある、とタニスから聞いていたので、ひきこもっているのがいけないのではないかと考え、町に連れ出すことにしたのだった。

はじめは人通りの多さにびくびくして見えたルヴィナだが、しばらくすると商店や屋台に興味を惹かれだし、屋台のまんじゅうを食べたいと云いだした。

「こんなにおいしいの食べたの、あたしはじめて！」

アウロラは屈託ない笑顔を見せられて、（おいしいものをおいしいと感じるのだ。心の健康を取り戻しているはずだ）と確信し、ほっとして笑みを返した。

そのすぐ後だった。

同じ屋台でまんじゅうが蒸し上がるのを待っていた男女が話していた。

「がっかりすることたねえ。大帝の喪が明けたら、次のヤーン旬にはまたお祝いがあるさ」

「豹頭王さまのお子が生まれるんだから、何かお祝いがあるはずよね。愛妾ヴァルーサさまとの間に赤ちゃんが！　楽しみだわ」

ルヴィナの表情がみるみる翳っていった。何も云わずいきなりその場を歩きだす。食べかけのまんじゅうが石畳に落ちて転がる。

あまりの豹変ぶりにアウロラは不安になる。追いすがって訊いた。

「どうした？　まんじゅうに石でも入っていたのか？」

ルヴィナは答えずどんどん歩いてゆく。往来では人が轢《ひ》かれそうになったと騒いでいるが、そちらには目もくれず、アウロラはたよりなく細い背中の後をついていった。

どれほど歩いたろうか？　半ザンは超えたにちがいない。イリスの刻を知らせる鐘の音が聞こえてきた。路地にむらさきめいた紗《しゃ》のヴェールが降り、石畳に落ちた影が長くのびてゆく。

ルヴィナの足がやっと止まったのは、裏通りをさらに一本はいったところだった。いかがわしげな看板の店が建ちならんでいる。その扉のひとつにかけられた細い手をアウロラは握って、首を横に振った。

「ルヴィナさん、いけない」

「放っておいて！　飲みたくなったのよ」

ルヴィナは邪険にふりはらうと、扉からつづく階段を駆け下りていった。

地下の扉の向こうは薄暗く、むっとするような臭いが空気にこもっている。

意外と中は広かった。岩壁は穴ぐらを掘り広げそのままにしたものだろう。壁の出っぱりに立てられたロウソクの灯りが、黒ずんだテーブルでくず肉を煮込んだのをつつき、つぼに入った火酒を手酌で飲んでいる男たちを照らしている。隅のほうの暗がりに、大きいのと小さくしなびたの、二つの影がうずくまっている。客のおこぼれにあずかる物乞いらしい。

酔っぱらいどもの間を怖れげもなく歩いていく、飾りのないもめんの服を着た町娘の姿は場違いで危なげに見えた。たちどころに男たちの好奇の目があつまる。

——この地下の酒場は、かつてシルヴィア皇女が「お相手さがし」に使っていた店のひとつだった。

ルヴィナは店の奥にある、酒やつまみを出す細長い台の前に来ると声を張り上げた。

「お酒をちょうだい。うんと強いやつ」

すぐに台の上に暗紅色の酒が出てくる。ルヴィナは杯をつかむとぐっと一息にあおった。

「おお、いい飲みっぷりだ！」

　酔っぱらいどもが拍手喝采する。

「こっちへ来な。いっしょに楽しくやろうぜ」

　ルヴィナは聞こえなかったように飲みつづける。アウロラはルヴィナに身を寄せ盾になろうとする。

　無視された者はなおもしつこく誘いの言葉をかけ、

「ありゃ、残念。ヒモ付きか。清純なのは見せかけだけってか」

　どっと笑いが巻き起こり、男たちはひわいな言葉ではやしたてる。店内が騒がしくなっても物乞いの二人組のようすだけが変わらず、老人は白濁した目を宙にみひらき、大男は床に座り込んで何やらむしゃむしゃ食べている。

「もっと強いのはないの！」

　女の酔いどれのように叫ぶルヴィナを、アウロラは諫めるように云った。

「それだけ飲めば、もういいだろう？　帰ろう。あまり遅くなると女将さんが心配する」

「放っといてっていったでしょ！」

　客の一人がにやにやしながら近づいてきた。「こりゃおもしれえ、きれいな兄さんが袖にされてら。お堅いのはいや〜んってとこか？」

アウロラはきっと睨みかえす。

「お、なんか文句あるのか」

すごんでみせるが男の目はわらっている。汚れた衿もとから濃く体臭がにおいたつ。何日も風呂にはいってなさそうだ。

「きれいだな、女より男のほうが——。この目玉を見てみろ、まるで宝石だぜ」

「やめろ」

アウロラはしずかに云った。汚い爪をはやした指を目に突きつけられたのだ。目に触れるきわまで近づけられて、その手をはらった。

「やる気かよ」

そう云いながらまだにやにやしている。座って見ている者たちの目もいやらしい光をたたえている。ルヴィナだけならここまで男どもを刺激しなかっただろう。最下層の穴ぐらでは、さっそうとした男姿と際立つ美貌はねたみの対象にしかならない。

「優男なんかに、腕っ節では負けねえよ」

いきなり右腕を摑まれて、アウロラの体が先に反応した。引き寄せられながら左肘をみぞおちに叩き込んでいた。

男はぐうと呻き、体を二つ折りにして、胃の中のものを吐きちらした。

仲間らしい男たちが椅子を蹴って立ち上がった。

「気の強い兄さんだ。店を汚した落とし前をつけてもらおう」

アウロラを取り囲んだ者の中には帯剣した傭兵もいた。アウロラも短剣をブーツに仕込んではいるが、一般の民を喧嘩で殺傷するわけにはいかない。

一瞬のためらいがわざわいを招いた。椅子を振り上げてきたのを避けたときに、後ろから足を払われ、よろめいたところを羽交い締めにされた。

「——あ？」

羽交い締めにした男が気付いて、アウロラの胸を乱暴にまさぐる。

「こいつ、男じゃねえぞ」

「なんだと？」

男たちの態度ががらりと変わった。目の光が酷薄になり、下卑た笑いをうかべる。

足払いをかけた男が、アウロラのシャツの衿もとに手をかけ思いきり引き裂いた。胸にはきつくサラシ布が巻かれているが、大きく引き裂かれたので左の二の腕まで——女神の傷痕が覗きみえた。

アウロラは青ざめ、くちびるを噛んだ。

「……アウロラ？」

それまで、その場に突っ立ったまま、なりゆきを見つめていた娘は思った。

（アウロラがひどい目にあわされている……だめよ。アウロラにひどいことしてはだめ。

……だってあたしを心配して……助けるっていった……助けてくれた)

彼女にふたたび命を——暗い水の中で息を注ぎこんで——与えてくれたのは、アルビオナのような青い瞳の持ち主ではなかったか？

そして手をさしのべ同情してくれた。父と母、異母姉、侍女、周囲の誰もが与えてくれなかった慰謝をほどこしてくれた。そのように心を癒してくれる者が、良人であれ、女の友人であれ、彼女——シルヴィアには必要であったのだ。

しかし——

そのアウロラをこの店に引きずってきたのは自分ではないか？　思い至ったとたん、心が旋回したように感じ、はげしい衝動に見舞われた。

その——(なんとかしなければ！)という衝動は、彼女の気後れや、常識を消し去ってしまう。おのれの身に災厄がおよぶことさえ考えられなくなり、かよわい婦人の身をかえりみず、危険に飛び込み——否、自分が災厄そのものになってしまう。

「その汚い手を放しなさいよ！　放せったら放せ、下郎！　きたならしい手でアウロラに触らないで！　お前たちなんか、あたしの足下にも寄れない虫けらなんだから！」

精一杯の権高《けんだか》なせりふは、男たちを怒らせるよりせせら笑わせただけだった。

「おうおう、何さまって口ぶりだな？　瘋癲娘が」

男たちの冷笑が、シルヴィアのはらむ危険きわまりないものを突くことになった。彼女は息を深く吸って吐いて、相手に最も致命的な効果をもたらすであろう言葉を選んだ。

「あたしはケイロニアの皇女、あたしの名はシルヴィア。あたしはアキレウス皇帝の娘でケイロニア王妃のシルヴィアよ！　お下がり、下郎！」

「ケッ、何ねぼけたこと云ってやがるんだ。皇帝の娘は死んじまったよ、知らねえのか？　やっぱり瘋癲だな」

つむりの上でヤーンのしるしを描く。

「……ち、ちょっと待て」

店のおやじが云いだした。

「さっきから思ってたんだが、この娘の顔には見おぼえがある。もし本当に皇女なら、パレードか何かで見かけてるのかもしれない」

「皇女はヤーンの罰が下って死んだんだろ？」

「生死不明だと聞いたような気もする」

「ええい、はっきりしねえな、いらいらする」

「そいつはシルヴィア皇女だぜ」

やけにきっぱりした声は傭兵くずれだった。

「以前この店にやってきては、らんちき騒ぎをくり返していた女がいたろう？　おおかた貴族の奥方の火遊びだろうってあやしんでたんだ。それが売国妃騒ぎを聞いて、あの時の女こそ豹頭王の妃だとピンときた。服装がちがってるからはじめはわからなかったが、まちがいねえ、この女はあの時の黒衣の貴婦人だ。こいつの顔――」かくしから取り出したものをかざして見せた。

「この即位記念の銀貨に彫りつけられた王妃の肖像にそっくりだろ」

「なんだって？」

「このアマ、よく顔を見せろ！」

「いやっ何するのよ。あたしにさわるな！」

シルヴィアははげしく暴れたが、二人がかりで押さえつけられ、あごをつかまれ顔を上向けさせられた。

「そっくりだ！」

「ほんとうにケイロニアの皇女なんだ」

「売国妃シルヴィア!!」

驚愕の声はしだいに、どす黒い熱をおびていった。シルヴィアが振り上げた、怒りという自身最大の刃が、ドールの地獄の釜をひらき、おそろしい怪物を呼び出してしまった！

《売国妃シルヴィア》――それは、下町の民の心を暗い底流でむすびあわせ、憎悪を拡大し拡散しふくれあがらせるものだった。

拘束されたアウロラは、酔客たちの異様な変化を呆然とみつめていた。彼女は知らなかった、売国妃という言葉がいかに民衆を狂わせ殺意に駆り立てるものか。

「俺の親は黒死病で、殺されたんだ」

「俺の女もだ。苦しんで、そりゃ苦しんで」

「こいつにも同じ苦しみを！」

「八つ裂きにしても足りねえ」

髪を根元からわしづかみにされ、つり上げられかけて、シルヴィアは悲愴な悲鳴をあげた。

「いやー！　痛いっ、やめて」

その時――

「ああっ、いういぃああ――！」

牛のような異様な声があがった。隅の暗がりにいた大男の物乞いだった。すっくと立ち上がると、寛衣の上からもみごとに発達した筋肉がわかった。酔っぱらいのおこぼれにあずかる浮浪人とは思えない。戦士の体軀だ。

ミイラのような老人も立ち上がる。しゃんと腰が伸び、カッとみひらかれた両眼から金色の光が放たれた。

と、大兵に似合わぬ俊敏さで、筋肉によろわれた男の体が、シルヴィアを抱きすくめている男たちに向かっていった。その早さと膂力《りょりょく》とは、この世の常の者ではなかった。一人の体は高く跳ね飛ばされ、もう一人は首を摑まれ完全に一回ねじまわされ、ぶきみな音をあげ舌をはみ出させ絶命した。天井にぶつかった者も背中からテーブルに落下した後はもう動かなかった。

傭兵が剣をぬいて斬りかかったが、斬撃は素手で——腕にほどこした装甲で——止められ、二合ももたず剣をはじかれた。大男は空中で剣をつかむと、持ち主の左胸を深々とえぐった。

血刀を手にした怪戦士は、破壊の本能にしたがうエイプのごとく、地下酒場で苦鳴と鮮血の酒宴を始めた。

すべての者が恐慌にかられ、唯一の逃げ道に殺到したが、金色の目を光らせる老人が立ちふさがっていた。

老人は白い杖を振り上げた。杖はしなって、宙を長く伸びた。まるで蛇のようなムチがうなりをあげるたび、血と肉片があたりに飛びちる。

アウロラは、この騒ぎで浮き足立った拘束者たちを、体術をつかって倒し、ブーツから剣を引き抜いて、気が抜けたように床に座り込んでいるルヴィナのもとに行こうとした。

そこで——

老人のムチのえじきとなった。

すさまじい打撃をうけ、アウロラは壁までふっ飛ばされた。左腕に灼けるような痛みをおぼえていた。叩き付けられたとき骨でも折ったのか。痛みに堪え、目でルヴィナの姿をさがす。

酒場の中はおびただしい血と、元は人であったものの破片とで凄惨を極めていた。生きて動くものは店の中になかった。

「ルヴィナさん……！」

アウロラは呻きをあげた。

目を閉じぐったりした娘は怪戦士に抱き上げられている。その横には異様なオーラにつつまれた老人が浮かんでいる。

《やはりまた見えたな、沿海州の王女よ》

殷々とした声は頭の中にまでひびきわたる。

「あの時の黒魔道師か？　……う」

声にするだけで胸腔に熱い痛みが弾ける。

まちがいはなかった。ニンフの指輪は老人のはなつ《気》に呼応しジリッと熱を発すると——沈黙した。

《レンティア王女よ。痛かろう、苦しいのなら、心でいえばすむことだ、罵倒も、命乞

いもな》

（ルヴィナさんをどうするつもりだ？　その娘が売国妃など何かのまちがいだ。お願いだ——返してくれ）

《この娘がケイロニア皇女にして豹頭王の妃というのはまことのことじゃよ》

闇の司祭の皺だらけの顔には、精気と呼ぶには異様にぎらついたものが湛えられている。

《なぜこの娘にこだわる？　男のなりをしていても、ウラニアの女の立ち役ではあるまいに。しかしながらいったんは途絶えた皇女の星宿に命の火を入れたのはそなたの手柄らしい。わしもこれで忙しい身でな、あちらこちら出向くうち上手の手から水を漏らした。このパリスの鼻がよく利いた——いやいや、姫君を恋い慕う騎士の心のおかげで、再び手に入れることができた。フォッフォッ》

（パリス……パリスとは、こいつのことだったのか!?）

ルヴィナが口にした謎の名前を思い出して、アウロラは呻いた。

アルビオナの肖像画や、ルカの予言——いくつかの符牒も脳裡に去来する。

（ルヴィナさんがシルヴィア皇女とは、まったく思い至らなかった！）

気力をふりしぼり立ち上がろうとしたが、激痛に顔をゆがめただけだ。

《腕だけではない、肋骨も折れておるぞ、息をするのも辛かろう？　それで気絶しない

でいるのはあっぱれだが、お前も娘なのだ、本来守るより守られるほうがお似合いだ》
アウロラは黒魔道師を睨むしかできなかった。
《暁の女神よ、おまえには礼がある。いつぞやはわしの名を唱えてくれたおかげで、監獄に新たな僕《しもべ》を見いだすことができた。雌鳥皇女の保護といい、役立ってくれたそなたを害そうとは思わぬ。しかし、ヤーンも酔狂をするものだと今回ほど思ったことはないぞ。ケイロニア皇女に選帝侯筆頭の私生児をひきあわせ、つかの間に結びあわせるとはな》
意識が遠ざかりそうだったが、アウロラは歯を食いしばって云いつのる。
「黒魔道師――ドールの司祭！　シルヴィア皇女をどうするつもりなのだ？」
《この娘には重要な役目があるのだ。売国妃とは、愚民どもにくびり殺させるためのものではない。豹頭王の妃は、もっと重大な、もっと厄介な運命もようを、ケイロニアに、中原の歴史に織りこむ重要な人物なのだ！》
もはや黒魔道師は剽軽《ひょうきん》なもの云いで邪悪な本性を隠そうとはしなかった。濃厚な腐臭はますます濃く、悪そのものが微細な物質と化し鼻孔から入り込むような不快な感覚を味わわせた。
血と肉が撒き散らされた地下の穴ぐらは、生け贄を屠った邪神殿の内部のようだ。闘神か護王の像のように立ち尽くす魔戦士は、たくましい腕《かいな》にやっと手に入れた姫君を抱いている。否、邪神に見初められ黄泉に連れ去られる花嫁のようにもアウロラの目には映った。

老人の皺深い口に非人間的な笑みが浮かんだ。

ぽかりと開かれた暗黒の口から吹きつけられたものが、レントの波と風に鍛えられた魂をうち挫いた。地上最も邪悪な魔道師の呼気を吸わされて、アウロラは壁に背中をおしつけたまま気を失った。

＊　＊　＊

闇が、降りた。

分厚い、ひとすじとて光を透さない緞帳《どんちょう》のように暗い闇が――。

シルヴィアはその深い闇の中で目をさました。あまりにも暗いので、ここがどこなのか、自分が誰なのかも分かてなくなりそうだった。

（……思い出した）

あの地下道、あの、おそろしい、暗い水が迫ってくる地下の道のどこか――？　ではふりだしに戻ってしまったのだろうか？

まるで昨日のことのように思えるが、タリッドの下町で、平凡な一人の娘として暮らし、パンを作った日々は、須臾《しゅゆ》の夢だったのだろうか？

これが夢なのか、現実《うつつ》なのか、自分は生きているのかいないのかさえ判然とせず、闇の中でおびえて身をすくめる。すると聞こえてきた、自分を呼ぶ声が。

――シルヴィア、売国妃シルヴィアと。

闇じたいが魂をもったならこうであろうかという小暗い声だった。聞き覚えがあるが、どこで聞いたか思い出そうとすると気分がわるくなる。まるで耳から毒素をそそぎ込まれるようだ。

「あたしは売国妃なんかじゃない、あたしはケイロニア皇帝アキレウスの娘のシルヴィアよ。お前は誰？　いったい誰なの？」

《わしのことを覚えておらぬのか、そなたの運命を宰領し、より望ましい道にすすませようという導師たるわしのことを》

「知らないわ、こんな暗いぶきみなところにあたしを連れてきて、いったい何をしようっていうの？」

そこでシルヴィアは身をふるわせる。

「あなたはダリウス大公なの？　ううん、そんなはずないわ。おじさまは死んだ。自決したんだって……。まさか、おじさまの幽霊なの？」

《ダリウスではない。まんざら知らぬ者ではないが、あやつは今ごろドールの地獄に住まっておる》

「ダリウス大公じゃない？　おじさまじゃなくっても悪人なんでしょ？　あたしをさらったんだ。こないでよ、あたしに何かしたら舌を嚙んで死んでやるぅー！　あああ、ヒーッ！」

恐怖とヒステリーから悲鳴を上げはじめる。

《困ったお嬢ちゃんだ。体は大人でも心は子供のままだ。だからこそ並の人間がしない振る舞いをする。おのれの身を危険にさらすこともいとわぬ。さすがにケイロニアの獅子心皇帝の娘だけはあるというべきか、ただ怖いもの知らずなだけなのだろうか？》

冷たい酷薄な声には心を落ち着かせる力もあった。シルヴィアは泣き叫ぶのをやめ、まだぐすぐすしながら、

「……そ、そんなふうにばかにしたいい方しないでよ。お前も同じなの？　女官どもと同じように、あたしをばかにして、あざ笑うつもり？」

《笑いはしないよ、ちいさなお嬢ちゃん、とは云ったがそなたの体は大人だ。子どもを産めたのだ。皇帝アキレウス・ケイロニウスの直系の王子をこの世に産み落とした。これはたいそう重大なことだ》

「何を……何のことをいってるの？　あたしの赤ちゃん……あたしのちっちゃな赤ちゃんは……」

云われるまでシルヴィアはわが子のことを忘れていた。思い出すのが辛すぎて記憶の

深層に封じこめていたのだ。その封印を開かれるのはおそろしく辛かった。

「ハゾスに取り上げられたのよ。グインのやつも一緒になって、殺してしまったにちがいない。もうどこにもいないのよ。あたしとパリスの子……パリスとの子じゃないかもしれなけど。パリスなら大事にしてかわいがってくれたはずよ。でも二人とも殺されてしまった」

シルヴィアはすすり泣きを漏らした。忠実なパリスを失くしたことも深い痛みだった。

《おお、よしよしかわいそうに、そなたはかわいそうな娘だ。いつもいつも皇女であることを周囲に利用され、都合よく扱われ、ようやく幸せを摑んだと思っても、ちいさく可憐な花はつみとられ残酷に踏みにじられた。かわいそうに。いったい何のために生まれてきたのだろうな》

「しらないわよ。生まれてきたくて生まれたんじゃない。あたし……あたしなんて、さらわれたとき死んじゃえばよかった。こんな悲しくって、つらい思いをするんなら、ケイロニアに戻ってこなきゃよかった。ぜんぶグインのやつが悪いんだ、あのままほっといてくれたらよかったのに、いやだといったのに連れもどしたあいつが悪いのよ。みんな、みんなあいつのせい、豹頭の悪魔が悪いのよ」

シルヴィアはいっそう激しく泣きじゃくった。

《おお、かわいそうな皇女さま。ほんに哀れだな。そして悪いのは豹あたまの夫だ、あ

やつがいたからこそ、そなたは堕落し、身も心も闇におちた。お前の子供もそうだ、豹頭王はおまえたち母子の憎いかたきだ》

　シルヴィアは少し心をなぐさめられ、

「でも、いいの、もういい……そうだ、アウロラはどうしてしまったの？　親切にしてくれた。ちょっと堅苦しかったけど、女官たちとはちがっていた。あたしを助けるといった。いつも心配してくれて……ねえ、アウロラはどうしたの？　あの酒場で何かひどいことをされてしまったの？」

《あの娘が心配か、それなら大丈夫だ。悪者どもは追い払った。沿海州の娘はぶじだ、安心したか？》

「ほんと、ほんとうなの？　あんたを信じていいの？」

《信じていいとも。皇女殿下、ケイロニアで最も高貴で、最も正統な世継ぎのお姫さま、わしのことばを信じなさい》

「信じて……いいの？　信じられるの？」

《そうだ、わしを信じ、わしのいうとおりにすれば、そなたはもうばかにされず、いやなこともされず、陰であざ笑った者どもに仕返しをしてやれるのだぞ》

「仕返し？　そういうのはいやだわ、女官に仕返しなんてする気はないわ。それに……お父さまがいない黒曜宮に戻ったって……もう戻りたくはないわ。あたしは、あたしのことを知らない人の間でひっそり暮らすほうがいい。だから今まで黙ってたのよ」
《やれやれ、欲のないことをいう皇女だ。なら、教えてやろう、そなたの腹違いの姉は選帝侯をたぶらかし、虎視眈々とねらっていた、アキレウス亡きあとの玉座に、牝牛のような尻をおしこむつもりでおるぞ》
「オクタヴィア……姉さま？　彼女なら皇帝になりたがるかしら？　でも、あたしはけっこう。まつりごとなんて興味ないもの。あれこれ指図するのはめんどくさい、ごめんだわ。タヴィアでも誰でも、皇帝になりたきゃ勝手になればいいわ」
《呆れるほど欲がないのお。それに子供だ、愚かな……そういわれるのはいやだったな。いやわしは褒めているのだよ。そなたの無垢な魂を。けっして大人になれない、なろうとも思わない、それこそがヤーンのつづれ織る悲劇にほかならぬのだが。わしの目にシルヴィアそなたは、どんな乙女よりも清らかな聖女としてうつっておるぞ》
　闇の中でくるみ色の目はきょとんとした。
《そうじゃ聖女だ。そなたは売国妃などではない、一国の王がその足の下にこうべを垂れるべき聖女なのじゃよ、シルヴィア皇女》
「なんだか、よくわかんないけど、その反対のことならいわれたことがあるけど」
《そんな罰当たりをいうのは、この世界の黄金律を理解できぬ愚民だ。愚民などは放って、そなたはわしと共に赴くのだ、ケイロニアという呪わしい国に復讐するために》

「復讐ですって？　なぜあたしがお父さまの国に復讐をしなければならないの？」
《ケイロニアという国がその魂を悪魔に譲りわたしたからだ、豹頭の悪魔に》
「豹頭王、あたしの良人《おっと》……グイン！」
深い闇の中でシルヴィアの目にくるおしい光が灯った。
《そうだ、豹頭王グインに復讐するため、売国妃という汚名をそそぐため、そなたは亡命先で女帝の名乗りをあげるのだ》
「そんなの無理よ、無理にきまってる。亡命してどこがあたしを受け入れてくれるの？　クム？　モンゴール？　まさか沿海州じゃあないでしょ？」
《よいか皇女そなたには、ケイロニアの唯一正統な皇位継承者として、皇位継承権を担保に他国に保護をもとめるしか道はないのだ》
ドールの傀儡となって、ゼアの巫女をたぶらかしたという、黒蛇の囁きだった。
《そなたが大ケイロニアの権威を売り渡すその国は、心臓部に闇の卵を抱き、今まさに孵さんとしている。その国とはな――》
闇の司祭が口にした意外な国の名に、くるみ色の目が大きくみひらかれた。

あとがき

こんにちは、はじめましての方もいらっしゃいますか？　宵野《よいの》ゆめです。

「次は『売国妃シルヴィア』でお会いいたしましょう」と『サイロンの挽歌』のあとがきに書いてから、お待たせしてしまいましたが、グイン・サーガ正篇続篇の一三四巻、ケイロニア篇の第二作目となる『売国妃シルヴィア』をお届けいたします。


のっけから告白いたしますと、本作の執筆はそうやすやすといきませんでした。三十年以上つきあってきたグイン・ワールドの空気が、おそろしく重く、ねっとりと絡み付くように感じられたのです。執筆はパソコンなのですが、これがペンだったら大剣に化したかとうたがったかもしれない。それほど重かったのでした。

（もしかしたら、これが世に云われるプレッシャーというものなのか）

遅まきに感じたのは二話にはいった頃でした。ふつうなら続篇プロジェクトへの参加を決めたときに感じそうなものですが、何を今さら、と呆れる方もおられるでしょうが……。

前回のあとがきに、中島先生から「お前はほんとうに莫迦だねえ」といわれたことを書いてますが、（もしかしたら、わたしは莫迦なだけでなく、途方も無く鈍かったのか？）と自問自答したのが偽らざるところです。

無形の厄介きわまりない重囲を、どのようにして抜け出たか自分でもよくわかりません。もっとも『サイロンの挽歌』の、あのラストを書いておいて、筆が重いだの、越えられない壁があるだのと、いっている場合じゃありません。とはいえ心のかたすみで、追いつまった自分をヒロインとシンクロさせていたような気もします。

そのような闇の中でも、ヤーンであるあの方の言霊がいつもそばにいてみちびいてくれた気がします。なにしろ、グイン・サーガ第三巻『ノスフェラスの戦い』の冒頭に、「ケイロニアにいったん破滅をもたらすにいたった《売国妃》シルヴィア」という予言がポーラースターのようにあるわけですから。

書き手はそういうわけでしたが、肝心なのはタイトル・ロールのシルヴィアです。

豹頭王グイン唯一の弱み、「シレノスの貝殻骨」シルヴィアは、ロマン小説でいわれる「宿命の女」だったと思うのです。とにかく気がかりで堪らない、目を離したらどうなってしまうかわからない不安を孕んだ存在です。その彼女が《売国妃》と呼ばれるようになるステージの階段を上ってゆく、あるいは――こちらの可能性のほうが高そうですが――闇に落ちてゆく、その時まとうドレスの意匠をどうするか、どんな宝石を合わせるかがわたしに課された重要な使命です。悩みに悩みました――と書くと苦しいだけのようですが、振り返ると、書き手としては贅沢を許されていたわけで（笑）。

　こうしてシルヴィア姫は冤罪を着せられることになりましたが、もし彼女が夢にでもお出ましになれば、「サルビア・ドミナのドレスのほうがよかったのに！」とか「のど元をかざるなら、ダイアか紅玉《ルビー》をちりばめた首飾りでしょ？　お父さまの蔵にいくらでもすてきなのがあったじゃない」と苦情を云われそうな気もおおいにします。でも、わたしがこしらえた闇のドレスこそ、彼女にしか着こなせない、その個性を最大限ひきだすオートクチュールだと確信しておるのです。

　冤罪といえば、この言葉を小説の中ではじめて知ったのは、アガサ・クリスティー女史の『無実はさいなむ』でした。初読の時は中学生だったので、まずタイトルに疑問をいだき（無実の人が苦しまなければならないなんて、ぜったいに変、まちがってる！）そのわりきれぬ思いは、読み終わった後の後まで残ったものでした。思うに、冤罪が人々の心におよぼすものも、《闇の眷属》といえるような気がします。

　しかもどうやら闇にとりこまれようとしているのは、シルヴィアだけではないようです。いまだかつて他国の侵略を許したことがない、ケイロニアの一角に不穏なけむりが立ちのぼろうとしています。グインは異変のきざしに後ろ髪（毛皮？）を引かれつつも、もう一つの重大な変事を受けてサイロンに戻らねばならない……。

と、ここまで暗い展開ばかりが続いて、書き手も気がさしてはいるのですが、グイン・ワールドが闇に覆いつくされることはありませんので安心して下さい。栗本先生は光の到来をも予言されていますからね！

七人の魔道師事件から十月十日《とつきとおか》の後、グイン・ワールドの暦でいうと鼠の年・青の月に、記念すべきイベントがあるはずです。いよいよグインに二世が誕生するのです。ケイロニア皇帝家が迎える大きな転機はそれだけではありません。――と、ネタバレにならないよう予告を出すのって難しいものですね（汗）。はい、次の話でも、ケイロニアの女性が中心に描かれる予定です。どんなに闇が深くても、いいえ闇が深ければ深いほど、美しく輝き冴えるものはあります。そう、イリスの存在が！

どうぞ次もおつきあい下さいませ。

ここで執筆にご協力いただいた方たちへ感謝の言葉を申し上げたいと思います。

常に沈着冷静なアドバイスを忘れない編集担当の阿部さん、絶妙のタイミングで励ましの言葉をかけて下さった今岡さん、細かな設定のチェックをして頂いた田中さん、巻さん、いつも本当にありがとうございます。

イメージ以上に美しい丹野忍先生のカバーイラスト！　家宝がまたひとつ増えました。五代ゆう先生の『魔聖の迷宮』を手にした時は、一グイン・ファンにもどって、夢中になっていました。おお、そうなるのか!?　次は、次はどうなるんだ〜と叫ばされ、書き手の血が何度か上昇したことをここに申告いたします。

そして今、あとがきを読んで下さっている貴方！　誠にありがとうございます。

最後に――

壁に行きあたった弟子に、「そこを越えた先にも喜びと感動はある」と教えてくださった、栗本薫――中島梓先生に心からの感謝を捧げます。

宵野　ゆめ拝

クラッシャージョウ・シリーズ／高千穂遙

連帯惑星ピザンの危機

連帯惑星で起こった反乱に隠された真相をあばくためにジョウのチームが立ち上がった！

撃滅！　宇宙海賊の罠

稀少動物の護送という依頼に、ジョウたちは海賊の襲撃を想定した陽動作戦を展開する。

銀河系最後の秘宝

巨万の富を築いた銀河系最大の富豪の秘密をめぐって「最後の秘宝」の争奪がはじまる！

暗黒邪神教の洞窟

ある少年の捜索を依頼されたジョウは、謎の組織、暗黒邪神教の本部に単身乗り込むが。

銀河帝国への野望

銀河連合首脳会議に出席する連合主席の護衛を依頼されたジョウにあらぬ犯罪の嫌疑が!?

クラッシャージョウ・シリーズ／高千穂遙

人面魔獣の挑戦

暗殺結社からの警護を依頼してきた要人が殺害された。契約不履行の汚名に、ジョウは？

美しき魔王

暗黒邪神教事件以来消息を絶っていたクリスが病床のジョウに挑戦状を叩きつけてきた！

悪霊都市ククル 上下

ある宗教組織から盗まれた秘宝を追って、ジョウたちはリッキーの生まれ故郷の惑星へ！

ワームウッドの幻獣

ジョウに飽くなき対抗心を燃やす、クラッシャーダーナが率いる〝地獄の三姉妹〟登場！

ダイロンの聖少女

圧政に抵抗する都市を守護する聖少女の護衛についたジョウたちに、皇帝の刺客が迫る！

星界の紋章／森岡浩之

星界の紋章Ⅰ―帝国の王女―

銀河を支配する種族アーヴの侵略がジントの運命を変えた。新世代スペースオペラ開幕！

星界の紋章Ⅱ―ささやかな戦い―

ジントはアーヴ帝国の王女ラフィールと出会う。それは少年と王女の冒険の始まりだった

星界の紋章Ⅲ―異郷への帰還―

不時着した惑星から王女を連れて脱出を図るジント。痛快スペースオペラ、堂々の完結！

星界の断章Ⅰ

ラフィール誕生にまつわる秘話、スポール幼少時の伝説など、星界の逸話12篇を収録。

星界の断章Ⅱ

本篇では語られざるアーヴの歴史の暗部に迫る、書き下ろし「墨守」を含む全12篇収

ハヤカワ文庫

星界の戦旗／森岡浩之

星界の戦旗Ⅰ—絆のかたち—

アーヴ帝国と〈人類統合体〉の激突は、宇宙規模の戦闘へ！『星界の紋章』の続篇開幕。

星界の戦旗Ⅱ—守るべきもの—

人類統合体を制圧せよ！ ラフィールはジントとともに、惑星ロブナスⅡに向かったが。

星界の戦旗Ⅲ—家族の食卓—

王女ラフィールと共に、生まれ故郷の惑星マーティンへ向かったジントの驚くべき冒険！

星界の戦旗Ⅳ—軋《きし》む時空—

軍へ復帰したラフィールとジント。ふたりが乗り組む襲撃艦が目指す、次なる戦場とは？

星界の戦旗Ⅴ—宿命の調べ—

戦闘は激化の一途をたどり、ラフィールたちに、過酷な運命を突きつける。第一部完結！

小川一水作品

第六大陸1

二〇二五年、御鳥羽総建が受注したのは、工期十年、予算千五百億での月基地建設だった

第六大陸2

国際条約の障壁、衛星軌道上の大事故により危機に瀕した計画の命運は……。二部作完結

復活の地Ⅰ

惑星帝国レンカを襲った巨大災害。絶望の中帝都復興を目指す青年官僚と王女だったが…

復活の地Ⅱ

復興院総裁セイオと摂政スミルの前に、植民地の叛乱と列強諸国の干渉がたちふさがる。

復活の地Ⅲ

迫りくる二次災害と国家転覆の大難に、セイオとスミルが下した決断とは？　全三巻

小川一水作品

老ヴォールの惑星
SFマガジン読者賞受賞の表題作、星雲賞受賞の「漂った男」など、全四篇収録の作品集

時砂の王
時間線を遡行し人類の殲滅を狙う謎の存在。撤退戦の末、男は三世紀の倭国に辿りつく。

フリーランチの時代
あっけなさすぎるファーストコンタクトから宇宙開発時代ニートの日常まで、全五篇収録

天涯の砦
大事故により真空を漂流するステーション。気密区画の生存者を待つ苛酷な運命とは？

青い星まで飛んでいけ
閉塞感を抱く少年少女の冒険から、人類の希望を受け継ぐ宇宙船の旅路まで、全六篇収録

ハヤカワ文庫

著者略歴　1961年東京生，千代田工科芸術専門学校卒，中島梓小説塾に参加，中島梓氏から直接指導を受けた，グイン・サーガ外伝『宿命の宝冠』でデビュー，著書『サイロンの挽歌』

HM=Hayakawa Mystery
SF=Science Fiction
JA=Japanese Author
NV=Novel
NF=Nonfiction
FT=Fantasy

グイン・サーガ⑬④

売国妃《ばいこくひ》シルヴィア

〈JA1170〉

二〇一四年十月十日　印刷
二〇一四年十月十五日　発行

（定価はカバーに表示してあります）

著者　宵《よい》野《の》ゆめ
監修者　天狼《てんろう》プロダクション
発行者　早川浩
発行所　株式会社早川書房
郵便番号　一〇一 - 〇〇四六
東京都千代田区神田多町二ノ二
電話　〇三 - 三二五二 - 三一一一（大代表）
振替　〇〇一六〇 - 三 - 四七七九九
http://www.hayakawa-online.co.jp

乱丁・落丁本は小社制作部宛お送り下さい。送料小社負担にてお取りかえいたします。

印刷・株式会社亨有堂印刷所　製本・大口製本印刷株式会社

ISBN978-4-15-031170-4 C0193